S e n r y u N y u m o n

# 川柳入門

人間を詠む　自然を謳う　社会を裏返す

佐藤美文

*Sato Yoshifumi*

新葉館出版

人間を詠む
自然を謳う
社会を裏返す
川柳入門

目次

## 第三章　川柳を作る 075

●人間を詠む　自然を謳う　社会を裏返す

# 川柳入門

# はじめに

川柳の入門書はたくさんあって、選択に迷うほどである。そんなところに、いまさらという観なきにしもあらずだが、あえて挑戦をしたのは、それらの先駆書に不満があるわけではない。むしろ教えられてきたことが多い。川柳を曲がりなりにもやってこられたのは、こうした本のお蔭である。なのになぜかと言えば、私の思うところを、書いておきたいというただそれだけのことである。

川柳を始めて四〇年になる。勉強などするという意識などなくても、自然と身についてきたものがある。なかにはどうでもいいようなものもあるけれども、私にとってはいずれも貴重なものである。これを整理して、みなさんに知ってもらうのも、いいのではないかと思ってきた。

独り善がりのものもないではないが、いずれも私が経験したものであり、自然と身についたものばかりである。押し付けがましい部分もあろうかと思うが、最後まで読んでいただければ、書いた者としては、それ以上の幸せはない。先輩諸氏の書いたものを真似ばかりしていては芸がないので、私はわたしなりの川柳を紹介してみたい。

本書は「川柳とは」、「川柳鑑賞」、「川柳の作り方」の三つに絞って話をすすめてゆきたい。これだけでじゅうぶん、川柳の素晴らしさを伝えることが出来ると思っている。川柳の作り方を最後に入れたのは、自分の思いを句にすることで、ほんとうに川柳が理解できたといえるのではないだろうか、と思ったからである。

いままで川柳を知らなかった人ばかりではなく、川柳をはじめて間もない方にも、ベテランのみなさんにも読んでいただいて、川柳の素晴らしさを再確認していただけると幸いである。

# 第一章　川柳を知る

# 思いを整理してくれる詩

二〇一一年の明るい話題であった、なでしこジャパンの活躍。強敵アメリカを破っての優勝は、当時何かと暗いニュースばかりだった日本に、大きな灯りを点した。これからの活躍が期待されるばかりでなく、それに応えられる力を備えている。現に予選を一位で通過して、オリンピック出場の切符も手に入れた。

チーム名なでしこジャパンという命名は、大和撫子をイメージしてのものである。大和撫子は撫子の異称であるが、日本の女性の美称としても知られている。お淑やかで控え目というイメージであるが、なでしこジャパンの場合はそれだけではない。むしろ現代女性の実際的な美称としてイメージを変えた。すなわち活発で、活動的で、積極的などが加えられる。これからの日本女性のイメージとして、世界に伝わるのではなかろうか。日本女性のこれからが注目されていくだろう。

テレビで紹介される彼女たちは、どなたも魅力的でひとをひきつけるものを持っている。川柳もそれにあやかりたいところだが、いまのところ接点はない。なでしこジャパンは、テレビなどで紹介されることで、さらにいいイメージが広がっていったことは確かである。だから川柳も良質の作品に触れることで、川柳とはどういうものかを知ることがいいのではないかと思う。最初にどんな作品に触れるかで、その人の川柳人生が決まってくると思うからでもある。

まずは作品を紹介してみたい。

あの人もこの人も好き桃の花　ふじむらみどり
いい話妻にも受話器替わらせる　山崎凉史
国境を知らぬ草の実こぼれ合い　井上信子
蟹の目にふたつの冬の海がある　大野風柳
人間のことばで折れている芒　定金冬二
安酒の店の優しい目鼻立ち　唐沢春樹
鯛焼きの尻尾理屈をこねている　齊藤由紀子
千本の棘を土鍋で甘くする　渡辺　梢
とろとろと葛湯のような村の春　林マサ子
フライングばかりしているアヒルの子　興津幸代
疑いが晴れたら着たい彩がある　川上富湖

公園のベンチに掛ける幾山河　及川右郷
半世紀かけて阿吽を飼い馴らす　中島宏孝

思いつくままに挙げてみた。ここから共通するものを探し出して、そこから川柳の特性を探ってみたい。

①いずれも五・七・五の定型である。
②わかり易い口語表現である。
③そこはかとないユーモアがある。
④自然より人間が中心のように感じられる。
⑤喜怒哀楽、人生の深淵が感じられる。

①については、川柳を少しでも知っている人なら常識である。それほど基本となるものである。なぜ川柳は五・七・五なのか。なぜ五・七・五という定型になったのだろうか、という疑問が出てくる。また、五・七・五には俳句もあるではないか。川柳と俳句はどう違うのかという疑問も出てくる。

日本には古くから短歌、俳句に代表される、七五調若しくは五七調の伝統文芸がある。漢詩においても、経文などでも、五と七のリズムで音読される。この音律は口誦性からきているのである。明治になって外国から自由詩が入ってきたが、ここにも七と五のリズムが重用されている。上田敏の『海潮音』も端正な七五調のリズムで、格調高く紹介されている。その巻頭の「山のあなたに」を諳んじられるのも、七と五のリズムの助けがあるからである。

君死にたまふことなかれ　　与謝野晶子

あゝをとうとよ、君が泣く、
君死にたまふことなかれ、
末に生まれし君なれば
親のなさけはまさりしも、
親は刃をにぎらせて
人を殺せとをしへしや、
人を殺して死ねよとて
二十四までをそだてしや。

第一連のみだが、七・五、七・五の繰り返しが、与謝野晶子とこれを読む者の悲しみを増幅させる力になっている。このリズムは、日本語と切っても切れない環境にあるのではないだろうか。

日本語と七・五調についての説明がある。

「たしかに、七音・五音の生みだすリズムは特別にリズミカルです。というのも奇数音句はそのなかにつねにひとつの異質な律拍、すなわち一音の半端な音と一音ぶんの休止からなる律拍を内包するからです。（中略）次のようにして単純な八音句と七音句をくらべてみればただちに歴然とします。

タタ　タタ　タタ　タタ　（八音句）
タタ　タタ　タタ　タ・　（七音句）

前者は、二音の律拍の反復に終始していて単調そのものです。しかも句の終わりにむかってだんだんと重くなってゆく感じです。以下略」。

（坂野信彦著『七五調の謎をとく』大修館書店）

日本の言葉は偶数音律だという。名詞の多くは二音である。耳、鼻、口、頬、眉、顎、髭などである。だから奇数音にして一拍おくことで、言葉に弾みがついてくるのだ。あるいはそこで切れて、場面転換の役割を果たしてくれる。したがって、川柳は五・七・五のリズム感で成り立つ文芸である。だからと言って、五・七・五に縛られている、捉われている、と思っては困る。むしろ五・七・五に助けられて、成り立っていると考えてほしい。言葉や想いは本来制約を拒むものである。それを形に収めることで、思いを整理し、新しい力を再生させるということである。破調とか自由律という言葉もあり、そういう作品も存在する。しかしこれらの言葉および作品は、定型というものがあって始めて存在するものである。したがって、まずは定型ありきなのである。

では、同じ五・七・五に俳句があるではないか、どう違うのかという疑問が出てくる。これも並べて比較することで、違いがあるのかないのかの検証をしてみたい。

昔とは父母のいませし頃を云い　麻生路郎
ことさらに雪は女の髪へ来る　岸本水府
亡妻の言葉も夢のつづれさせ　村田周魚
振りかえる我が身に年の数ばかり　前田雀郎
分譲地そのまま風の秋になり　川上三太郎
大笑いした夜やっぱり一人寝る　椙元紋太

元日や手を洗ひをる夕ごころ　芥川龍之介
大阪へ今日はごつんと春の風　坪内稔典
夏の蝶白々浮きて通りけり　上林　暁
沓掛や秋日ののびる馬の顔　室生犀星
買物のやたらかさばるみぞれかな　久保田万太郎
雨だれは目を閉じてから落つるなり　折笠美秋

無作為と言っても、私の目を通して選択している。おのずと好みが出ていると思うが、それでも川柳と俳句の違いは歴然としている。最後の句は無季であるが、その他はいずれにも季語がはいっている。「切れ」に就いては切れ字は使われていなくても、切れるところは分かる。つまり切れがあるということである。もちろん川柳にも季語や切れのある作品もある。川柳と俳句の違いについて、並べることで言葉は要らないようだが、それではいささか無責任である。蛇足を述べてみたい。

川柳では口語体で思いを直截的に述べているのに対して、俳句は切れや季語の力を借りて美しさをまとっている。川柳は卑近な事柄を題材にすることが多いので、ストレートに表現される。

散文的である。それに引き換え俳句は、同じ日常ではありながら、文語でまとい、季語や切れ字でいったん距離をあけている。そこに美観を見つけようとしているのである。だから川柳とは逆に詩的である。誤解を恐れずに言えば、川柳と俳句の違いを一口で言えば、川柳が散文的であるのに対し、俳句は長い歴史のある和歌的詩の世界に通じるものがある。

②についてもこれまでの説明で納得してもらえたと思うので、③についての説明をしてみたい。つまりユーモア、くすっと笑えるということだが、本来俳句にも笑いの部分があるのである。それはどちらも俳諧という文芸に根があるからである。

春の風ルンルンけんけんあんぽんたん　坪内稔典
首ふり亭主尻ふり女房走馬燈　中村草田男
秋風に粉ぐすりを呑む舌を出し　小寺　勇
春雨に大欠伸する美人哉　小林一茶
梅干と皺くらべせん初時雨　小林一茶

ユーモア句などと探すのに骨を折らなくて済むほどある。それでも川柳に比べればかなり少ない。この違いは、それぞれの文芸の起源に由来し、成長の過程で固定してきた。つまり同じ俳諧に根を置きながら、俳句は発句であり、川柳は平句（後述）である。発句を長男とすれば、平句はその弟か妹である。長男の生真面目に比べ、弟には気ままな成長を窺わせるものがある。親しみやすくとっつきやすい。それだけ軽く見られるというマイナス面もなくはないけれど、それをまたプラスに替えるエネルギーがある。それが歴史の重みに耐えてきた強さでもある。

しかし近年は生活の多様化、社会の仕組みの複雑さなどに加えて、「個」を大切にする志向が強くなり、個を詠おうという気運が強くなってきた。そうなると笑ってばかりいられないという状況である。心象や抽象にまで踏み込んできたのである。

ほんとうの家族を探す縄電車　海地大破
湖がしずかに嵩を増してくる　金築雨学
奪取したのは一枚の海でした　倉富洋子
まどろみの机へ波が寄せてくる　古谷恭一
夕凪の海を手帳に挟みこむ　なかはられいこ

心象（心の風景）句や抽象句は理解が難しくなる。それは自分の個の中のものを表現したり、具体性を欠くものになるからである。ことに心象句の場合は、作者にだけしか分からない世界だから、どうしてもそうなってしまう。ときには独り善がりに終わる危険もあるが、作者にとってはそのまま理解してほしいので、そうした表現になってしまう。だから読む側も無理に自分に引き寄せるのではなく、作者の思い、あるいは作者の心象世界に溶け込むことである。

無理に理解しなくてもいい。感じることがあればそれでよしとしたい。

人には育った環境や経験、知識の積み重ねなど違った環境を持っている。そうしたものが影響して、鑑賞にも違いが出てくるのは当然である。

作品は読み手によって完結する、という言葉がある。ならば、誰かの作品を自分独自に完成させるのも楽しいではないか。これはあくまでも鑑賞の仕方であって、作句姿勢をいうものではない。句はあくまでも、自分の世界、自分の思いが現れていなければならないからだ。

# さまざまな川柳

川柳は短歌や俳句よりも間口が広い。それはいろいろな川柳があるからである。

もちろんそれらの川柳を区別したり、色分けしたりするのは便宜上のものであって、歴然と線が引かれていたり、段差があるということではない。比べるものでもない。自分の志向に合わせて選択するもよし、しなくてもよし、感性や好みにしたがって無理をしないことである。無理はいずれ破綻するからである。

## サラリーマン川柳（第一生命保険株式会社主催）

会社より故郷が近いマイホーム　卓

運動会抜くなその子は課長の子　ピーマン

まだ寝てる帰ってみればもう寝てる　遠くの我家

頑張れよ無理をするなよ休むなよ　ビジネスマン

みな出世するはずだった入社式　　同窓会

サラリーマン川柳は、第一生命が顧客獲得の一つの手段として始めたのだが、評判がよかったのか今でも続いている。そして、サラリーマン川柳として定着した。作者名はペンネームというよりも、匿名に近いものである。

作者名などなくてもいい性格の作品で、川柳の無名性の特徴が現れていると言ってもいいだろう。川柳人口の底辺を支えているというよりも、店頭での集客的な役割を果たしている。

## 時事川柳（「読売新聞」より）

アベックに陽が当たってる夏時間　（昭和二三年）穂生
ナデシコが魔女になる日をみんな待ち　（昭和三九年）鶯渓
三億円ああ千円で何枚か　（昭和四三年）義明
赤人も鼻をつまんで田子の浦　（昭和四五年）アサヨ
譲られる座席昭和もいつか老い　（昭和六〇年）魚門

時事とは、そのとき起こったこと、その当時の出来事をいう。したがって時事川柳もその瞬間を捉えなければならない。

ただ、その瞬間を捉えるだけではなく、批判精神や感動を伝えるものでなければならない。その時代を詠むのはいわば川柳の宿命でもあるけれど、時事川柳の場合は消えてしまう文芸でもある。

ここに掲げた作品も時代を書き添えないと理解されないものがある。時事川柳が背負う宿命のようなものである。それだけ切り口の鋭さが要求される。

## ユーモア川柳

妻の皺半分ほどの責めを負う　今川乱魚
肥っては生きていけない渡り鳥　津田　暹
何にでも効くスマイルを処方され　石井頌子
皿投げて制空権を妻が取る　浅原志ん洋

ユーモアを辞書で引くと、「上品な洒落やおかしみ。諧謔」とある。単なる滑稽だけではなく、そこには人間性の染み出たものがほしいと思う。ことに笑いにはひとの失敗や欠点をさらけてしまうことがあるので、気をつけなければならない。だからと言って、正座しているような笑いではつまらない。たまには腹の底から笑うことがいいのではないだろうか。笑うことは健康にもいいことが、科学的に証明されている。笑いの川柳が自然に出来るように、日頃から鍛錬しておくのもいいかもしれない。

最近、鬱川柳というのがあると聞いた。ユーモア川柳を裏返したものだろうか。これも現代を写し取ったものだろう。読んだ人の話を聞いたら、読んでいるうちに憂鬱になってきたという。笑ってばかりいられない現実に、わさびのような刺激も必要である。これも時代が求めてきた結果のものであろうか。属性川柳の一端である。

その属性川柳と言われるものを挙げてみたい。企業川柳と言われるのもその一つである。その企業が企業名を広く知ってもらうPRの一環であるとか、社員の覇気を高めるためとか、理由付けはいろいろあろうが、いま流行りの川柳を借りようというものである。

## 企業川柳

### ◆歯の川柳

増えたのは入れ歯の数と歳の数　　中村宗一

痛む歯にちちんぷいぷい効きもせず　石川　昇
保険証今年も歯科の使い初め　藤枝百江
光る歯はみんなに見せる身だしなみ　齋藤麗愛（小学生）
歯は大事お口の中の宝物　今泉綾霞（小学生）
（奥羽大学歯学部付属病院主催「歯っぴい健口川柳」）

**◆女子会川柳**

女子会（女性だけで集まって飲食したり、情報交換したりする会合のこと。オフィスでは出せない本音や秘密を語り合うことで、互いの親睦を深め、ストレスを効果的に発散することができる。第27回ユーキャン新語・流行語大賞トップテンに入賞。）

定期券年齢変えずはや五年
女子会のネタは恋より財テク論
入社時は腰かけ今は命がけ
新人のかわいい返事真似てみる
待ちましょう株価と婚期根気良く
（『女子会川柳』シティリビング編集部、ポプラ社編集部編　ポプラ社刊）

### ◆婚活川柳

婚活とは、結婚するための活動。一九八〇年代以降「結婚したくてもできない人」が増えたといわれる。女性の社会進出、終身雇用の崩壊による男性の収入不安定化、自由恋愛の定着などがある。そこで「黙っていても結婚できない。就活〈就職活動〉のように婚活〈結婚活動〉を始めるべき」と主張したのが『婚活の時代』。

（『現代用語の基礎知識』自由国民社）

来ないなら捕獲に行こう王子様
お互いにバツイチだから慎重派
人生の残業なのか婚活は
おい息子急げ婚活メタボ前
婚活にかけた金額セレブ級

（『婚活川柳』三宅川修慶編 主婦の友社刊）

### ◆シルバー川柳

シルバー〈老人。高齢者。六五歳以上の人を指す〉。先進国の間では高齢化がすすみ、高齢者が十四パーセント以上になったとき、高齢化社会と表現するようになった。

（『現代用語の基礎知識』）

赤い糸たるみを直すフルムーン
金持ちと思われているお年寄り
初孫の一歩にみんな固唾呑み
小遣いをせびる孫にはぼけたふり
時々は一人に飽きてバスに乗る
（『笑いあり、しみじみあり シルバー川柳』みやぎシルバーネット、河出書房新社編集部編　河出書房新社刊）

私の身のまわりの書籍から様々な川柳を紹介した。このほかにまだまだあるだろうし、これからも増えていくのではないだろうか。

# 川柳の成り立ち

## 俳諧から古川柳の時代

川柳を理解するためには、簡単な歴史も知っておいたほうがいい。その発生からなぜ川柳という文芸名になったか、そしてそれが現代にまでどう繋がってきたかを知ることで、自信にもなり、作句に弾みがつくと信じる。

俳諧とは俳諧の連歌を略していうもので、現代でも連句として続いている。連歌とは和歌の上句（五・七・五）と下句（七・七）を交互に詠み、唱和していく形態の文芸で和歌の歴史とともに育ってきた。それを貴族や武士たちが楽しんでいたが、そこにおかし味を加えたのが俳諧の連歌である。俳諧とは、本来おどけ、たわむれ、滑稽などの意味がある。俳諧の連歌を略してただ俳諧と言うようになった。そのことが庶民層にまで広がっていった要因である。

最初の五・七・五を発句と言い、次の七・七の短句が第二である。そして二句目を脇もしくは脇句という。次が第三になる。以下五・七・五の長句、七・七の短句と交互に唱和していく。最初は一〇〇連とか、五〇連などと長く続けられたが、江戸期には三六連が普通になった。だからこれを三十六歌仙にちなんで歌仙とも言い、歌仙を巻くなどと言っている。前句とどう響き合うか、どう変化してゆくかを楽しむ。そして最後は七・七の短句で締めて一巻となる。最後の短句を挙句（揚句）という。挙げ句の果て、とはここから生まれたのである。

発句にはいくつかの条件があって、その中に季語と切れ字がある。この発句が現在の俳句である。そして平句の付合いの修練の一つとして前句付が流行する。これが万句合の興行にまで発展して、専門の点者（選者）が出てくる。その点者の一人に柄井川柳がいる。

柄井川柳の一番最初の万句合の開キ（発表）が宝暦七年（一七五七）八月二五日である。そのときの前句「にぎやかなこと〳〵」の入選句に

五番目ハ同じ作でも江戸産レ
ふる雪の白キをみせぬ日本橋
子を捨る藪とハ見へぬ五丁町

このように江戸の賑わいを伝えるものである。一句目は六阿弥陀詣での流行であり、二句目は日本橋の賑わいである。三句目は吉原の賑わいであるが、女性にとって吉原は苦界でしかなかっ

た。

柄井川柳点が人気になり、一回の興行に二万句を超えたこともあった。これは明和二年（一七六五）に出た『誹風柳多留』（以下『柳多留』）初篇が出て、この頃には一一篇が出ていることが援護射撃になっただろうことは容易に予想される。その『柳多留』だが、これは柄井川柳が選をした作品をさらに選りすぐって出来た選集である。編集は川柳点への投句者でもあった呉陵軒可有《ごりょうけんかゆう》、書肆（出版社）は星雲堂花屋久次郎《せいうんどうはなやきゅうじろう》である。これが当時のベストセラーとなり、人気を博す。この『柳多留』は天保一一年（一八四〇）に一六七篇まで出る。初代川柳の点業（選者活動）は亡くなる一年前の寛政元年（一七八九）九月二五日の開キをもって終わる。三三年間の点業生活であった。寛政二年九月二三日に逝去、東京都台東区龍宝寺に眠る。現在でもこの日を川柳忌として、各地で法要句会が行われている。そして菩提寺龍宝寺境内には、辞世とされる《木枯しや跡で芽を吹け川柳》の句碑がある。

初代川柳の点業の一端を『柳多留』の作品で紹介してみたい。

鶏の何か言いたい足づかい　初篇
むこのくせ妹が先へ見つけ出し　二篇
雨垂れを手へ受けさせて泣きやませ　三篇

仲直り鏡を見るは女なり　四篇
押さえればすすき放せばきりぎりす　五篇

人情の機微から自然観察にまで鋭い目を向けながら、表現は優しくなっている。こうしたことが人気を得るバックボーンになっていたのである。

## 狂句から川柳改革まで

初代川柳没後、しばらく弟子たちが川柳の点業を伝えるが、二代、三代の川柳号は初代の長男、三男または五男が継ぐが、四代目が眠亭賤丸《みんていしずまる》（一七七八～一八四四）である。本名を人見周助と言い、江戸南町奉行所の物書同心であった。四七歳で川柳号を継ぐ。彼が唱えたのが俳風狂句である。川柳風を継ぐものであるが、文芸名として初めて独立したかたちとなる。

そして五代目を腥斎佃《なまぐさいたづくり》（一七八七～一八五八）が継ぐ。本名は水谷金蔵。幼少に両親を亡くし、佃島の漁師に養われ、名主職を継ぐ。養父母に孝養を尽くし、何度も幕府から褒賞されている。天保年間に時の老中水野忠邦は天保の改革を押しすすめ、奢侈の禁止や風俗を正すなど厳しい取締りを行なった。そうした中で、腥斎佃は柳風狂句を唱え、句案十体を定めるなどして、厳しい監視の目を避けることにした。柳風狂句とは川柳風狂句ということである。狂句とはいかなるものであるか作品を紹介することで理解していただきたい。

①野や草を江戸へ見に出る田舎者　柳多留三一篇
②泥水で白くそだてたあひるの子　一〇五篇
③岡持の従弟で見附水をまき　一五五篇
④中直り角のあるの八樽ばかり　一五九篇
⑤偽の一字を二字にとききかせ　みよし野柳多留

①は上野と浅草、②の泥水は吉原、あひるはそこで働く遊女、③は形が似ている、④は角樽で、それぞれ意味はわかるが、言葉で遊び、それで笑わせようとしている。人情の機微や人事のどんでん返しの面白さはない。

こうして幕府や為政者の目をごまかすことで、川柳は生き延びてきたのである。こうした傾向は川柳だけではない。和歌も俳諧も同じような道を歩かざるを得なかったのである。文芸全般の衰退期とも言える時代であった。元に戻るまでは明治維新と外国からの刺激を得ての覚醒を待つしかなかった。

明治維新から三〇年、正岡子規らにより『ほと、ぎす』が創刊され、三三年には『明星』が与謝野鉄幹・晶子らによって産声を上げる。それに遅れて四年、阪井久良伎、井上剣花坊らが川柳改革の狼煙を上げる。ここから近代の新しい川柳が歩き出すのである。

## 近代から現代川柳まで

明治維新を含めてこの時代の文芸復興は概ね復古調である。正岡子規の主張は万葉集に学び、芭蕉の実績を評価しながらも批判、である。それらの影響を受けた阪井久良伎、井上剣花坊の二人の川柳中興の祖が、新川柳運動を繰り広げた。

前出の五世・水谷金蔵（鯉斎佃）の時代、彼は柳風狂句を唱える。これには四世の俳風狂句をより川柳風にという願いが込められているが、世は狂句全盛である。「柳風式法」「句案十体」などで、狂句の方向付けと同時に自派への締め付けとした。更に道句、教句といわれるような教訓臭の強い句などが奨励されて、川柳的な力強さ、面白さが失われていった。

五世川柳の長子・ごまめは佃島の魚問屋にうまれ、安政五年（一八五八）に六世川柳を嗣号するも、明治一五年（一八八二）六月に逝去。七世は広嶋久七が継ぎ、その後も川柳の号は十五世の脇屋川柳、その次の十六世まで続いている。

そんな時代に一石を投じたのが、阪井久良伎、井上剣花坊である。

阪井久良岐（昭和四年、久良伎に）は明治二年、神奈川県横浜市に生まれる。正岡子規に倣って短歌の改革を進める。短歌からのスタートだったが川柳に転向、川柳改革を目指し、明治三五年『川柳梗概』を著す。また、新聞『日本』に「芽出し柳」と題して川柳作品を発表する。その後『電報新聞』に移り、川柳欄「新柳樽」を開設する。三八年には久良岐社を興し、『五月鯉』を創刊する。昭和二〇年四月三日没。七六歳。多くの後進を育てた。前田雀郎、今井卯木など川柳の研究家が育っている。久良伎の代表句としては、

午後三時永田町から花が降り

を挙げたい。

もう一人の川柳改革の功労者として、井上剣花坊を紹介したい。

剣花坊は明治三年六月、山口県萩に生まれる。士族で山口県萩と言えば、明治維新の志士を育てた土地である。その気風を受け継いで豪放磊落なところがある。明治三六年、新聞『日本』に入社。「新題柳樽」欄を設け、自作を発表。その後投句が集まり、読者欄として定着する。その投句者を中心に柳樽寺を設立。『川柳』を発刊する。これは四〇年に休刊するが、大正元年八月に『大正川柳』として復刊を果たす。昭和元年に『川柳人』と改題して発行を続ける。この雑誌は現在も佐藤岳俊の下で発行が続けられている。井上信子は剣花坊の妻であり、大石鶴子は次女である。

川上三太郎は門下の一人である。剣花坊の代表句を挙げれば

咳一ツきこえぬ中を天皇旗

である。

その他多くの川柳家を柳樽寺門から輩出させた。

その後の川柳は新聞を通して普及していく一方で、専門の柳誌も出始める。そして川柳家もしのぎを削るようにして現れてくる。何人かを紹介してみたい。

**高木角恋坊**（一八七六〜一九三七）柳樽寺創設に参画。『草詩』を創刊した。

渡し舟花屋は蝶を連れて乗り

**小島六厘坊**（一八八五〜一九六二）大阪生まれ。西柳樽寺を興し、新傾向川柳の草分けとなる。

悶えの子血の子恋の子おかめの子

**関口文象**（一八七〇〜一九六二）東京生まれ。久良岐社設立に中心的役割を果たす。

散策のこぼれて白し秋の花

**今井卯木**（一八七三〜一九二八）群馬県生まれ。古川柳研究でも知られ『川柳江戸砂子』を著す。

日曜日馬鹿々々しくも大掃除

**中島紫痴郎**（一八八二〜一九六八）新潟県生まれ。「川柳を詩にしたい。詩は時代の要求である」。

流れ行く水の素直さぢっと見る

**西田當百**（一八七一〜一九四四）福井県生まれ。関西川柳社を興し、水府等と『番傘』を創刊。

上燗屋ヘイくくと逆はず

その後、多くの川柳家、川柳誌が隆盛を極めて、川柳が文芸としての位置を確保するようになる。

さらに傾向や主張も多岐に亘って、新傾向や新興川柳などとにぎやかになってくる。その中で、特異な存在として鶴彬がいる。

**鶴彬**（一九〇九〜一九三八）金沢市に生まれる。昭和二年、森田一二を介して井上剣花坊を知る。ナップに加入して、無産川柳、反戦川柳などを発表して官憲にマークされる。昭和一二年一二月、思想犯として検挙され、収監中の翌一三年九月一四日に赤痢で死去する。彼の残した反戦川柳は今でも胸を打つものがある。

久良伎・剣花坊のあとを追うようにして、のちに六大家、六巨頭と言われる人たちの活躍が目立ってくる。戦中・戦後の川柳界をリードしてきた人たちである。彼等のおかげで、作品と共に川柳が社会的にも認知されていく。その六人の顔触れを紹介したい。

**村田周魚**（一八八九〜一九六七）東京生まれ。大正二年（一九一三）塚越迷亭らときやり吟社を興し、月刊誌『川柳きやり』を創刊させる。

だまされて居る盃も同じ色

**川上三太郎**（一八九一〜一九六八）東京生まれ。国民川柳会を興し『国民川柳』（のちの『川柳研究』）を創刊する。詩性川柳は多くの若者を引き寄せた。

雨ぞ降る渋谷新宿孤独あり

**前田雀郎**（一八九七〜一九六〇）栃木県生まれ。都川柳会を興し『みやこ』を創刊するが、志半ばで終刊となる。多くの著作を遺した。

音もなく花火のあがる他所の町

**岸本水府**（一八九二～一九六五）三重県生まれ。現在のコピーライターのような仕事をしていた。當百、半文銭らと関西川柳社を興し、『番傘』を創刊した。

ぬぎすてゝうちが一番よいといふ

**麻生路郎**（一八八八～一九六五）広島県生まれ。『川柳雑誌』を創刊し、人間陶冶の詩として「いのちある句を創れ」「一句を残せ」を標榜した。

俺に似よ俺に似るなと子を思ひ

**椙元紋太**（一八九〇～一九七〇）兵庫県生まれ。個性を重んじ、題詠より雑詠を大切に「川柳は人間である」と主張した。『ふあうすと』を創刊した。

電熱器にこっと笑ふやうにつき

戦後の昭和三〇年代、六大家と言われる人たちが姿を消したあとの川柳界をリードした川柳作家や柳誌の多くは六大家の指導を受けたり、影響された作家たちであり、そのグループである。
関東では川上三太郎の『川柳研究』、村田周魚の『川柳きやり』である。『みやこ』は雀郎の死と共になくなる。関西では岸本水府の『番傘』、麻生路郎の『川柳雑誌』が四六〇号で廃刊となり『川柳塔』に引き継がれる。椙元紋太の『ふあうすと』は戦時には『木綿』と改題されたが、元の『ふあうすと』に戻って、現在も神戸で頑張っている。『ふあうすと』の命名はゲーテの戯曲『ファウスト』に由来するという。

**中村冨二**（一九一二～一九八〇）横浜市生まれ。川柳とaの会を設立して柳誌『人』を季刊誌として発行。革新系の川柳人が多く集った。

マンボ五番「ヤァ」と子供ら私を越える

**三條東洋樹**（一九〇六～一九八三）神戸市生まれ。ふあうすと川柳社創立同人。戦後に時の川柳社を興し『時の川柳』を創刊する。

ひとすぢの春は障子の破れから

**石原青竜刀**（一八九八～一九七九）広島県生まれ。天津領事館に勤務中川柳と出会う。川柳非詩論を唱える。『読売新聞』時事川柳の選をする。

戦後は終る原色の群海へ海へ

**藤島茶六**（一九〇一～一九八八）東京生まれ。川柳すずめ吟社を創設する。その後川柳人協会会長、日本川柳協会理事長、東都川柳長屋連差配などを歴任。

踏み切りが開くと赤とんぼも動き

**中島生々庵**（一八九八～一九八六）兵庫県生まれ。麻生路郎門下となり『川柳雑誌』を助ける。日本川柳協会創立に参画。二代目理事長に就任。

子猫ぞろぞろみな宿命の顔かたち

**時実新子**（一九二九～二〇〇七）岡山県生まれ。個人季刊誌『川柳展望』を創刊、後に天根夢草に委ね『川柳大学』を創刊。作家として指導者として後進を育てる。

奪う愛きらきらとして海がある

**西島〇丸**（一八八三～一九五八）東京生まれ。四谷西念寺住職の傍ら川柳普及に努める。東都川柳人クラブ（川柳人協会）初代委員長。

志ん生を笑い直して下足札

**清水美江**（一八九四～一九七八）埼玉県生まれ。埼玉県各地の柳誌に関与し、昭和三三年『あだち』（『さいたま』）を創刊し、県下を一つにまとめる。

はちの国はちは個にして個にあらず

**佐藤正敏**（一九一三～一九九九）東京生まれ。昭和四四年より川柳研究社の幹事長に就任。句集『ひとりの道』を出版。川柳文化賞を受賞。

まじまじと友も救えぬわが十指

**橘高薫風**（一九二五～二〇〇五）兵庫県生まれ。麻生路郎に師事。同志と川柳塔社を興し、のちに主幹となる。全日本川柳協会常務理事を歴任。

恋人の膝は檸檬のまるさかな

**神田仙之助**（一九一五～二〇〇四）東京生まれ。川柳きやり吟社に所属、のち主幹となる。「奇を衒うような表現は嫌い」と、言葉には厳しかった。

咳一つちゃんと母親聞いている

無作為に思いついた名前を挙げただけで、この他にも戦後の川柳界に貢献した人たちはたくさんおられるが、これだけでも充分戦後の川柳界を窺い知ることが出来る。補足のように別の方向から説明してみたい。

戦後の川柳界はソレまでと同様に、結社とそこに所属する人たちの活躍で成り立っていた。そして、句会も賑やかになっていた。そんなぬるま湯的な川柳界に石を投げたのが、中島生々庵、堀口塊人、大井正夫らによる日本川柳協会創立の動きである。彼らの努力が実って、昭和四九年一二月一日、名古屋で創立総会が行なわれて全国的な組織がはじめてスタートを切ったのだ。これが現在の（一社）全日本川柳協会の前身である。加盟当初の結社は一六六社に及んだ。ＰＲ不足もあったけれども、一つにまとまったことには大きな意義がある。

第一回全日本川柳大会は昭和五二年に東京代々木の野口英世記念館で開催された。そのときの課題は「二」で見事大賞を射止めたのは、

転がったとこに住みつく石一つ　　大石鶴子

奇しくも大石鶴子は井上剣花坊の愛娘である。

# 第二章　川柳を読む

# 川柳の鑑賞（古典期）

## 古典期

古典期と言ってもどこから始めるかだが、初期の俳諧発句集の草分け的な『新撰犬筑波集《しんせんいぬつくばしゅう》』辺りがいいのではなかろうか。これは山崎宗鑑《そうかん》が編んだ発句集である。成立は室町後期とされている。先行書に『新撰筑波集』がある。これは連歌集で、宗祇《そうぎ》を中心に纏められ、二〇巻まである。頭に「犬」とつけられているが「犬」を広辞苑で引くと「④ある語に対して、似て非なるもの、劣るものの意を表す…」という同じ意味で取ったものであろう。雑の部の三句を取り上げてみたい。

前句　きりたくもありきりたくもなし

ぬす人をとらえてみればわが子なり
さやかなる月をかくせるはなのえだ
こころよき的矢の少し長きをば

説明は要らないが、我が子を切りたくなるとは、容易ではない。何を盗んだのか気になる。俗説にはいくつかあるようだが、鑑賞者の想像力で補うのも楽しいかもしれない。

次に『誹諧武玉川』を紹介する。初篇から一八篇まであるが、一五篇までの編者は慶紀逸《けいきいつ》（一六九五〜一七六二）である。初篇から何句か紹介したい。引用はいずれも岩波文庫のものである。

捨ものにして抱ついて見る

目へ乳をさす引越の中

（引越しは埃っぽくなる。母乳は優しくゴミを取り除いて、目に傷を作らない）

背中から寄る人の光陰

二百十日の屋根に浪人

鳥辺山最う嘘のない人に成

（鳥辺山＝鳥辺野の別称。京都市東山区にあり、平安時代火葬場があった　広辞苑）

前句付の流行の中で、柄井川柳が初めて万句合の興行の選者に立机したのは宝暦七年（一七五七）である。そして『誹諧柳多留』初篇は明和二年（一七六五）に出る。これは初代川柳が選んだ作品から、さらに呉陵軒可有によって選抜された作品である。編者は呉陵軒可有、版元は星運堂花屋久次郎方である。天保九年五月に一六七篇まで出るが、初代川柳の選をした作品は二四篇までである。ここでも何句か鑑賞してみたい。二四篇までの各篇から一句ずつ取りあげてみたい。

百両をほどけば人をしさらせる　初篇

あたりからやかましくいふ年に成　二篇

三会目あたりなますへ箸を付け　三篇

（吉原の句である。初会は何も出来ず、二回目で裏を返して三回目でやっと目的成就である）

紫は石のうへにも居た女　四篇

（紫式部は石山寺で『源氏物語』を書いたと言われる。石の上にも三年というが、それほど辛抱しながら執筆したということか）

ありんすは通ひ御針もちっといひ　五篇

（ありんすは吉原の花魁の言葉遣いである。通いのお針子も少しくらいはつい使ってしまう）

湯屋へ来て咄は安い女郎かい　六篇

ひなの酒みんなのまれて泣いて居る　七篇

壱人もの店ちんほどは内に居ず　八篇

不二山が見えて傘みなかへり　九篇

（呉服商越後屋は日本橋駿河町にあり、富士山がよく見えた。現金掛け値なしの安売りで人気を博す。また雨が降ると傘を無料で貸した。この傘には大きく越後屋と書いてあり、宣伝の役割も果たした。貸した傘は晴れれば返しにくる。その人がまた反物を買う客になったこともあっただろう）

薺うり此上ねぎるところなし　一〇篇

（正月七草粥に入れる薺売りが来る。多くは幼い子どもであり、値切るほどの値段ではない）

赤イかと御さいに顔を見て貰ひ　一一篇

（御さい＝御宰、奥女中に使われ、雑用をこなす下男。奥女中が宿下がりの折に役者遊びをして帰ってきたのだが、酒で顔が赤くなっていないか確認をしているところである）

むすめの生酔ふんとし目立也　一二篇

（ふんどし＝こしまき。八・九のリズムは珍しい）

たばこやの女房ハ血とめ程まける　一三篇

（きざみ煙草は怪我の血止めにも使われた。つまりごく少量ということ）

のみをとるまなこは外に有とみへ　一四篇

（一四篇最後の句。いわゆる末番句）

若後家のたよりになつてやりたがり　一五篇
百さじきあくらをかいてにくまれる　一六篇
やつたくわし禿どこかでくつて来る　一七篇
十四日ぬき身をしよつて夜道する　一八篇
（赤穂浪士の討ち入りか？）
殿に見しょとてべにかねを付ける也　水洗流芳　一九篇
雨やとり迄ハぶこつなおとこなり　二〇篇
上下を着ると内でもかしこまり　二一篇
百人で壱人ハひどくおちこぼれ　二二篇
（落ちこぼれたのは小野小町か？）
からかつて居るハ初かねもらい也　二三篇
（結婚すると女性は歯を鉄漿で黒く染める。初めての鉄漿は、近所の既婚者から貰う習慣がある。貰いに行きながら、各家の主婦に新婚振りをからかわれているのだ。祝福の意味もあろう）
黒助の一社参リにむすこ出る　二四篇
（黒助は吉原の九郎助稲荷）

初代川柳評の作品集は他にもある。まず『誹風柳多留拾遺』をとりあげてみたい。

これは先に『古今前句集』として寛政八年（一七九六）蔦屋重三郎方より一〇冊本として出ている。この版木を譲り受けた花屋久次郎方より『誹風柳多留拾遺』として出した。これは『古今和歌集』に倣った部立てになっている。それをそのままで鑑賞してみたい。

▽春

一日の御慶こたつへとりよせる

（正月二日は年始回りの日である。門口に御慶帳を置いて記帳してもらう。それを夜になって炬燵で読むのである。それで誰が来てくれたか分かる。現代の年賀状を思わせる）

▽夏

いなづまのくだけやうにも出来ふ出来

▽秋

月へなけ草へ捨たるおとりの手

▽冬

そうきんで大文字をかく十三日

（師走一三日は大掃除の日）

▽賀

仲人は小姑壱人ころすなり

▽離別

仲人も是迄なりや犬と猿

▽羈旅

名物をくふか無筆の道中記

▽恋

伯母か来て娘のなぞをやっととき

（恋わずらいなのに、娘の両親はまだ子どもだと思っている）

▽哀傷

無常の風にさそハれて大一座

（葬式の帰りに多勢で吉原へ繰り込もうという相談がまとまったようである）

▽釋教

大仏は見るものにして尊まず

（奈良のものも鎌倉の大仏も大きさに感心するけれど、だからと言って信心が湧くわけ

でもない）

▽**紳祇**

神主八人のあたまの蝿を追ひ

▽**故**

むさんやなはしこの下の草履とり

（《むざんやな甲の下のきりぎりす　芭蕉》のパロディーである。梯子の下とは吉原の階段の下辺りではないだろうか）

▽**戦場**

道具やに有るの八逃た具足なり

（吉川英治の『宮本武蔵』の冒頭は戦のあとの死骸から甲冑を剥ぎ取る場面から始まっているが、逃げた者の甲冑もあったかもしれない）

▽**青楼**

すみだ川わが思ふ子八むかふなり

（葛飾区の木母寺には子を尋ねて来た母の悲しい物語があるが、それに掛けて吉原辺りへ行って帰って来ない子どもを案じているのである）

▽**長哥**

三味線の撥をあくびのふたにして

▽鄙ぶり

そこまめでゐつゞけを打かるい沢

（軽井沢は現在別荘地として知られるが、江戸時代は中山道の宿場町として栄えた。宿場町にはどこにも飯盛り女と称する春をひさぐ女性がいた。長旅で足に豆が出来たことを理由に、居続けした者も多かったのではなかろうか）

▽雑体

あしたでもすつてくれろと飛車がなり

（ヒゲを剃ってもらいにきたのか、将棋を差しに来たのか）

まだまだあるが拾遺はこの辺にして、直接川柳が選をしたグループが纏めたものに移る。これも六種ほどあるが、一冊から一句ずつに絞った。

▽『さくらの実』

うつりこ社せれく

ほと丶ぎす土手でと口がついすべり

（土手は言わずと知れた吉原堤。そこで時鳥の初音を聴いたなどと言って、吉原行きがばれた）

▽『**川傍柳**』初篇　安永九年

母の跡追ッてはしごを二三段

▽『**籰纑輪**』天明五年

朝帰り又豆腐かと云ハず喰ひ

▽『**やない筥**』初篇

人参を銭でかってくむごい事

（人参は朝鮮人参。根は干して漢方薬となる。万病に効くというが、かなり高価である。びた銭をかき集めてやっと買えたのだ）

▽『**柳籠裏**』三篇　天明六年

子ども好キとらまりそふにしては迯ケ

▽『**玉柳**』天明七年

蝉の鳴く下に子どもが二三人

以上で概ね初代川柳評の作品集は紹介したことになる。初代川柳以後も川柳評は続くが、時代が進むと狂句調の作品が多くなる。狂句とはどんなものか『柳多留』の後半の篇から拾ってみる。

▽**『誹風柳多留』**一五八篇

植木屋ハいじめて育て誉めて売

▽**『誹風柳多留』**一六七篇

臼のなひ茶を挽イて居ルつらい事　壽山

（お茶を挽く＝遊女や芸妓が客がなくひまで遊んでいる。ひまな時には、葉茶を臼にかけて粉にする仕事をしたから『広辞苑』。句も狂句調である）

▽**『いなか曲紅はたけ』**秋江斎楓呉撰　安永九年

いなか客撥借りて咽なてている　柏後

（『柳多留初篇』《撥貸して見に行けば咽なでて居る》のパロディーというか改作である）

# 川柳の鑑賞（近代）

前回は古典期として江戸時代の作品を鑑賞した。今回も時代背景や作者の情報などを加えたほうが分かりやすくなると思ったものには解説を加え、出来るだけ多くの作品を紹介していきたい。

## 近代

近代の時代区分として明治憲法の及ぶ時代、つまり明治中盤から第二次世界大戦終了の昭和二〇年八月一五日前日までとした。ここで歴史の変換ばかりでなく、価値観の逆転があったからである。

まず川柳改革の立役者であった阪井久良伎（一八六九〜一九四五）と井上剣花坊（一八七〇〜一九三四）の作品から。

午後三時永田町から花が降り　久良伎

当時、永田町に華族女学校（学習院女学校の前身）があった。午後三時といえば学校の退校時刻である。まさしく花が散るように、校門を出る女子学生が目に浮かぶ。久良伎の代表作。

どっしりと坐る一萬二千尺　剣花坊

富士山の標高は約三七七六メートル。これを尺に直すと三六三六・三六三六尺。四捨五入しても一万二千尺には届かないが、何となく語呂がいい。そんな細かいことを言わなくても、富士山の雄大さが目に浮かぶではないか。

一人去り　二人去り　仏と二人　信子

井上信子（一八六九〜一九五八）は剣花坊夫人として知られているが、優れた川柳作品も少なくない。中でも《国境を知らぬ草の実こぼれ合ひ》は新聞に載ったりして有名になった。スケールの大きい作品である。こうした作品ばかりではなく、身の回りを詠んだ句もある。掲出作品は、剣花坊の葬儀の後の寂しい心境を詠んでいる。

上燗屋ヘイくくと逆らはず　當百

西田當百（一八七一～一九四四）の代表作であり、『番傘』創刊号の巻頭の第一句である。私の手元にその復刻版があるので、それで確認済みである。上燗屋とは現在の一杯飲み屋の類いであろうか。現在の大阪には、この上燗屋を名乗る店はないという。酔っ払いを程よくあしらうのが、飲み屋の亭主の役どころ。それを見事に活写して心地よい。

　　これ以上人形らしくなり切れず　　しづ子

この句の背景にはイプセンの戯曲「人形の家」がある。この句が大正一三年の作であってみれば、大正ロマンと同時に、女性の意識の目覚めの時代である。とは言え、現実には女性の身分は低く見られていて、人形のように大人しくしていることが美徳とされていた。そうした時代への反発が感じられる作品である。

三笠しづ子（一八八二～一九三二）は東京の生まれである。弁護士夫人ということで、時代に敏感になっていただろうことは簡単に想像できる。

　　生れては苦界死しては浄閑寺　　花　酔

東京で唯一の路面電車が早稲田から王子を経て三ノ輪まで走っている。その終点三ノ輪から日光街道を渡り、小さな路地へ入るとそこは日光街道の喧騒が嘘のように静かなたたずまいがある。

そしてその一郭に浄閑寺がある。浄閑寺は浄土宗の末寺で別名投げ込み寺として知られている。安政二年（一八五五）一〇月に江戸に大地震があり、多くの遊女が亡くなった。その亡き骸が投げ込み同様にこの浄閑寺に葬られたことから投げ込み寺とも呼ばれている。境内の左手は墓地になっていて、そこに新吉原慰霊塔があり、脇にこの句が刻まれている。

作者の花又花酔（一八八九〜一九六二）は東京生まれ。雉子郎（後の吉川英治）、周魚、三太郎などとも親交があり「廓吟の花酔」と呼ばれていた。

雪国にうまれ無口に馴らされる　　夢助

濱夢助（一八九〇〜一九六〇）は宮城県仙台市の生まれである。井上剣花坊の門下となり「大正川柳」へ作品を発表しながら「河北新報」の柳壇の選者となり、後進の育成に努めた。昭和二二年に川柳宮城野社を創設して「宮城野」を創刊する。同二五年に句集「雪国」を発刊。この作品はここに収められている。私自身も雪国の生まれだから、この句の奥の深さを感じとることが出来る。共感が深いと言い換えてもよい。共感はするが、私自身は無口と思われていないだろう。

人間を掴めば風が手にのこり　　五呂八

田中五呂八（一八九五〜一九三七）は北海道の生まれで、剣花坊の「大正川柳」に投句をはじめる。その後、新興川柳運動に加わり「氷原」を創刊する。この句は昭和四年の作である。坂本幸四郎は「現代川柳の鑑賞」の田中五呂八の項で「五呂八は詩人であって哲学者ではなかった」と書いているが、この句は多分に哲学的である。だから敢えてそう書かなければならなかったのであろう。

柿を知らないカール・マルクス　　日車

この句も前書の坂本幸四郎の文を借りる。「(旧訳聖書の創世記には)柿がでてこない。なかったから知らないのである。句意、マルクスだって神様でないとする。なにもかもマルクス主義で解いてみせる主義信奉者への不信である。七・七の構成で『武玉川』調になっている」。単なるマルクス批判ではなく、プロレタリア文学への抵抗である。

川上日車(一八八七〜一九五九)は大阪の生まれである。大正二年に「番傘」に席を置いたが、麻生路郎と共に「番傘」を出て「雪」を創刊して、新興川柳、革新川柳を目指した。

暁をいだいて闇にゐる蕾　　鶴彬

鶴彬(一九〇九〜一九三八)は反戦川柳作家として知られるが、敢えてこの句を選んでみた。昭和一一年の作品である。これから何かをやろうとしている静かなたたずまいが見える。鶴彬の純粋さのようなものが見えて好きである。こうした無垢な精神で、時代に逆らってまで吐いた作品であるから、彼の句に共感が集まるのである。

戦前・戦時・戦後を通して活躍した川柳家も多い。そうした中に六大家・六巨頭と言われる人たちがいる。麻生路郎、村田周魚、椙元紋太、川上三太郎、岸本水府、前田雀郎の六人である。彼らの作品をどこで紹介しようか迷ったが、ここで再度登場してもらうことにした。現代川柳になるべく多くの作品、多くの川柳家を載せたかったからである。作品もなるべく古いものをと思ったが、必ずしもそうなっていないかもしれない。

春の艸代議士などに踏まれるな　路郎

作者の麻生路郎（一八八八～一九六五）は広島県尾道市の生まれである。新聞記者など職業を転々としながら川柳を作り続けた。「番傘」創立に参加するが、独立して「川柳雑誌」を創刊させる。彼の言葉として「一句を残せ」「いのちある句をつくれ」「川柳は人間陶冶の詩である」などの言葉を残している。また「川柳職業人」宣言をする。

穏やかな句が多い中で、この句は珍しく代議士批判をしている。それより野の草の可憐さのほうが目に浮かぶから不思議である。

盃を挙げて天下は廻りもち　周魚

この句は上野東照宮の境内に句碑があり、多くの人に知られている。私も遠方から来る仲間によく紹介する。実はこの近くに旨いものを食わせる店があるので、そのついでということも少なくない。酒を誘う口実にもなる。句意は説明するまでもあるまい。

村田周魚（一八八九～一九六七）は東京下谷生まれ。本名は泰助。そこから鯛坊と名乗り、鯛の字を二つに分けて雅号とした。八十島可喜津らと「きやり」を創刊させる。

よく稼ぐ夫婦にもあるひと休み　紋太

相元紋太（一八九〇～一九七〇）は神戸の生まれ。昭和四年、同人一八名でふあうすと川柳社を創立して「ふあうすと」を創刊する。同人は全て同格で自立しているとして、主幹をおかなかった。生涯「紋太はん」として親しまれた。作品にも気負いがなく、掲出句も「紋太はん」の領域である。彼の言葉として「川柳は人間である」「題詠より創作」など名言を残している。誌名の「ふあうすと」はゲーテの戯曲「ファウスト」から取ったという。なかなか洒落た命名だと思う。

身の底の底に灯がつく冬の酒　三太郎

川上三太郎（一八九一～一九六八）は東京日本橋の生まれである。父親は煙管職人で母親は士族の出で、夫に講談本をよく読んで聞かせたという。三太郎が川柳の道へ進んだのは、この影響が少なからずあったと思う。「国民新聞」の川柳欄の投稿者を中心に国民川柳会を立ち上げ「国民川柳」を創刊。これが現在の「川柳研究」である。

この句は酒好き三太郎の一面というより全体を支えているようにも感じとれる。酒のエピソードもたくさん持っている。

大阪はよいところなり橋の雨　　水府

東京は八百八町、京都は八百八寺、大阪は八百八橋と言われて、大阪は橋が多いことで知られている。大正一二年の作品である。

岸本水府（一八九二～一九六五）は三重県鳥羽の生まれであるが、「番傘」を中心に大阪で活躍した。大阪というと何となくざわざわした忙しなさが感じられるが、この句からはしっとりした大阪が詠まれている。大阪を愛した川柳家であった。

音もなく花火のあがる他所の町　　雀郎

宇都宮は古くから俳句や川柳（狂句）の盛んな町である。そこで生まれた前田雀郎（一八九七～

一九六〇）ははやくから阪井久良伎門下となる。久良伎は学者肌の川柳人であったので、雀郎も川柳に関する著書が少なくない。「川柳探求」は私の愛読書でもある。その中で「川柳の原点は俳諧の（こころ）である。…俳諧の平句の心持に立って川柳する」と書いている。そういう見方に立って読むと、この句に俳諧の匂いがしてくる。この頃、各地で夏になると花火を挙げる町が増えている。わざわざ出かけなくても、音でも花火のイメージが広がってくる。

落下傘白く戦場たそがれる　笛二郎

昭和一七年一月一一日、戸田笛二郎（一九二二〜一九四四）は太平洋戦争の真っ只中で、海軍落下傘部隊の一員としてセレベス島メナドへ降下、カカス飛行場を占拠する。この作品はその折のもの。状況を描写しただけの作品であるが、それだけに乾いた心の痛みが感じられる。

笛二郎は兄雨花縷と共に草詩社の同人として川柳を作り続けていたが、昭和一六年に横須賀海兵団に入団。昭和一七年一月一一日、落下傘部隊の一員としてメナド戦略に参加、一時帰港するも再び一八年九月に再出動。一九年七月八日、中部太平洋方面に於いて壮烈なる戦死を遂げる。享年二二という若さである。戦争のことを今更言っても詮無いことながら、残酷な話である。

近代という八〇年前後の歳月の中で、さまざまな川柳が詠まれてきた。味読していただきたい。

# 川柳の鑑賞（戦後から現代）

戦後というどさくさの中から現在の繁栄までには、先人たちのたゆまざる努力があった。というより、そうするしか生きてゆく道がなかったとも言える。そうした中にあって、川柳人の先輩たちはどんなふうに世の中を見、自分を見てきたのだろうか。戦後の川柳作品の中から探ってみたい。

なるべく時代に沿って選んでいくつもりであるが、発表時を正確につかめないものもあるので、その辺は大目に見ていただきたい。

胃の重き午後なりどろろ太鼓鳴る　　八重夫

昭和二〇年、敗戦後の作品と知って納得する。太鼓の音と言えば勇ましい響きであり、そう聞こえるのが自然である。それが濁ったように聞こえたというのは、敗戦後の不安からであろう。「どろろ」という表現に言い知れぬ不安を感じる。

雨宮八重夫《やえお》（一九〇三〜一九九一）は山梨県生まれ。宮内省に入り、そこで千代田吟社を創立。

昭和一九年に甲府に疎開してそのままそこに住みつく。戦後『川柳青空』創刊、関東地方の句会にもよく顔を出した。私も何回かお会いしている。その柔和な顔は今でも忘れない。

パチンコ屋　オヤ　貴方にも影が無い　冨二

戦後も間もないころ、私の育った小さな村にもパチンコ屋があった。軍艦マーチを鳴らし、たばこの煙と喧騒の中でパチンコ玉を弾く音が重なる。街の繁華街にはどこにもパチンコ屋があり、大人たちはただ、パチンコ機を見つめ、玉の行方を追っていたのである。影があるということは、そこに自分が存在するということである。戦争から帰ってきた大人たちは、自分たちが一所懸命やって来たことを否定され、価値観の逆転に戸惑っていた。つまり影を失っていたのである。自分の存在すら分からなくなっていたのである。

中村冨二《とみじ》（一九一二～一九八〇）は横浜市生まれ。古書店やパチンコ店などを営んでいた。昭和四七年、飯尾麻佐子、山崎蒼平らと川柳とaの会を結成して『人』を創刊する。『中村冨山人集』、『中村冨二・千句集』など著書も多数ある。

筍もみな竹になり寺しずか　可宵

筍の成長は早い。うっかりしていると知らぬ間に竹になっている。成長が早いだけでなく、竹は芽を出すのも盛んである。竹が密集過ぎると竹林が衰えるという。だから早め早めに採らないといけない。竹林を持っている人からその時季になると採りに来い、と電話がかかってくる。その度に車で行き、たくさんの筍を持ち帰った。普段の竹林は静かだが、風が吹くと囁くように騒がしくなる。成長期の過ぎた竹林の静かさと、その中にある寺の佇まいが目に浮かんでくる。

池田可宵《かしょう》（一九〇一〜一九九七）大正・昭和・平成と川柳を作り続けた。『番傘』同人を経て『ながさき』を創刊、主宰する。絵も得意とするようで、朱竹画を描いていた。アルバイトか本業か不明だが、暖簾も作っていた。私も自句をのれんに仕立ててもらった折に、朱竹画を一枚いただいた。我が家の六畳間に今も飾られている。

早咲きの梅枝折戸を繕わせ　　茶六

早咲きの梅が咲いて、それを見ていて枝折戸の破れに気がついたのだ。家人の誰かにそれを繕わせたという、ただそれだけの句であるが、そのさりげなさがいいのである。季節を感じ、家長（少し古いか？）としての威厳も感じさせる。最近こうした軽い作品を眼にすることが少なくなった。やたらにテクニックや意外性に走っている嫌いがある。それが川柳ではないかと反論されそうであるが、軽さもまた川柳の要素であり、面白さである。古き良き時代と言ったらまた笑われそうであるが、温故知新は今でも生きている。

作者の藤島茶六《ちゃろく》（一九〇一～一九八八）は東京京橋の生まれである。疎開で千葉市に移ってそのまま千葉県人として過ごした。川柳人協会の会長や日本川柳協会（現一般社団法人全日本川柳協会）の会長などを歴任した。ご本人には茶六を「さろく」と呼んで欲しかったようなことを言っていたが、誰もそう呼ぶ人はいなかったように思う。

地球儀に愛する国はただ一つ　　砂人

昭和二六年、サンフランシスコで講和条約が交わされ、日本は独立国としてスタートする。この作品は昭和二九年に作者が欧米旅行から帰ってきてからの作であるという。日本を外から見て、改めてその良さを知ったのである。作者の思いが素直に伝わってくる。

近江砂人《さじん》（一九〇八～一九七九）は大阪船場に生まれる。岸本水府夫人の実弟ということもあって、水府を助けて『番傘』運営、編集などに携わる。著書も多く、川柳入門書も何冊かある。私も一番最初に読んだ入門書が『川柳の作り方』（明治書院）である。今でも座右に置いている。

盃のふちより高き酒のいろ　　正敏

酒好きの作者らしく酒の句が多い。この句もそんな中の一句である。盃になみなみと注がれた酒には思わず唇が寄っていく。いやそれよりも注がれた酒の色に感嘆しているのである。飲むのがもったいないような日本酒の透明感である。昭和四〇年に句集『ひとりの道』を上梓する。この句はその中から選んだ。

佐藤正敏《まさとし》（一九二七〜一九九九）は東京生まれである。昭和五年ごろから川柳を作り始め、戦後に川柳研究社の幹事となり、三太郎亡き後の川柳研究社の幹事長となる。戦時中に埼玉県に疎開していたことから後述の清水美江を知り、埼玉川柳社の客員となる。そんなことから埼玉川柳社の句会にも顔を出していた。私が川柳を始めたころも良く出席されていた。そのお陰で種々教えていただいた。叱責されることもあったが、常に温かい視線を感じていた。

恋人の膝は檸檬のまるさかな　　薫風

最近というよりかなり前から、女性のスカートは短くなってきている。だからこの句は一昔前の女性の姿である。恋人の膝の丸さがレモンのように丸く、瑞々しいということである。「かな」は俳句でいう切れ字であるが、不思議に違和感はない。むしろ効果的に感じられる。

橘高薫風（一九二六〜二〇〇五）は兵庫県尼崎市の生まれである。昭和三〇年に麻生路郎に師事して川柳を作り始める。昭和四〇年に路郎亡きあと、中島生々庵《せいせいあん》、西尾栞《しおり》等と川柳塔社を興し『川柳塔』を創刊する。若いころに肺結核で右肋骨八本切除、また胃潰瘍で胃を半分切除する。そんなことで細身であったが、川柳への思いは人一倍大きかった。私も日川協の仕事などで親しくしてもらった。

　はちの国はちは個にして個にあらず　美江

蜜蜂や蟻は組織というか、群れで活動している。一匹の蜂もその群れを離れては存在しない。つまり生きていけないのである。それは人間もまた同じであると言っているのである。美江は昭和四四年に句集『みつばち』を出すが、この句はその句集の冒頭に載っている。
作者は当時、埼玉県浦和市（現さいたま市浦和区）に住んでいて、自宅で蜜蜂を飼っていた。元は公務員であったが、定年後は養蜂家にも見られていたほどである。私が川柳を始めたころも庭に蜂の巣を置いていた。自宅を訪ねた折りにはよく、レモンと蜂蜜を入れたものを飲ませてもらった記憶がある。
清水美江《びこう》（一八九四〜一九七八）は埼玉県児玉郡の生まれである。昭和三三年にあだち川柳会（のちの埼玉川柳社）を設立。埼玉県川柳界を一つにまとめた。句集『みつばち』、『小径の風光』などがある。昭和四四年に川柳文化賞を受賞する。

　もどかしく病後結べぬ点と線　いさむ

昭和五二年の作品であるが、前後に病気や入院、手術などの作品が並んでいる。この句は手術のあとか退院後の作品ではないだろうか。記憶だけではなく、仕事や約束などの点や線が結べないもどかしさを詠んでいる。結果は良好のようである。

礒野いさむ（一九三二〜）は大阪市の生まれである。昭和一〇年から『番傘』を購読して、川柳に手を染める。昭和一六年から同人となり、水府を助けながら『番傘』の運営や編集などを手がける。昭和五七年から番傘川柳本社の主幹に就任する。退任した現在も指導者として活躍しているばかりではなく、全日本川柳協会の常務理事としての仕事もこなしている。

橋の向うにぽつんと立っている小指　　尚美

「橋の向う」という遠いところにいる自分。淋しげに立っている小指でしかない。ここに孤独な作者がいる。小指という指でも一番小さなものへ自分を重ねている。比喩の巧みさはこの作者の得意とするものであるが、この句にも見事に結実させている。

須田尚美（一九三〇〜二〇一二）は栃木県足利市に生まれる。昭和二七年ごろから川柳を作り始める。同三二年に埼玉県羽生市に移住、清水美江を知り、三六年に埼玉川柳社同人となる。私が川柳を始めた昭和四八年ころは、どこの句会・大会でも上位に入賞し、雑詠にも意欲を燃やしていた。

ほつれ毛も愛しきまゝに海渡る　　岸柳

この句は一九八九年に出た『風の街から』から選んだ。この句集の表紙帯には「男が男に送ったラブ（？）レター!!」とある。友人佐藤康臣に宛てたはがきの作品をそのまま一冊にまとめられたものである。そしてこのはがきには「冠省　旅のしたくもないままに突然海峡を渡ってしまいました。函館でこの葉書を買い、ペンを買いました。落カンがないので、口紅を借りて、ハンコの代りとします。眼下の夜景みごとです。草々」とある。くどい説明は要らないだろう。この句集は私の手元にある。扉には「美文さん江　この世が好きでのんだくれている　岸柳　一九九一・十・二十四」とあり、落款も捺してある。

先年『紫波』三〇周年記念のお祝いの席で久し振りにお会いした。かつての茶目っ気はないが、お元気そうであった。

北野岸柳《がんりゅう》（一九四六〜）は青森県蟹田町に生まれる。本名の苗字が佐々木ということで、遊び心で佐々木小次郎（巌流）を名乗ったと直接聞いている。第一句集『男の紙芝居』がある。参議院議員の選挙に立候補したこともある。惜しくも落選したのが残念だが、その挑戦力も良しとしたい。

クリスマスお寺はとうに寝てしまい　　○丸

作者は東京・四谷にある西念寺の住職であったから、この句のとおりではなかっただろうか。

一二月の末ともなれば、お寺もそんなに忙しい季節でもないだろう。多少の嫌味というよりこれも茶目っ気からの発想ではないだろうか。日本は元から外国の文化をうまく日本風に変えながら、取り入れてきた。クリスマスもそんな風にして日本化していった。一時はクリスマスだからなどと、外で飲んで帰る男性も多かった。そうした風潮への批判も感じられる。最近のクリスマス風景は、仕事帰りのサラリーマン風の男性がケーキの紙箱を持って帰る光景が多くなった。信仰とは別に、これも日本的風俗として安定してきた観がある。

西島〇丸《れいがん》（一八八六〜一九五八）は東京市深川区霊岸町生まれ。雅号も生まれた地から取ったものだろう。一四歳ごろから新聞等への投句を始め、大正九年、きやり吟社へ客員として招かれる。その後辞退して今度は同人として復帰するも、昭和八年に再度脱退する。昭和二二年、東都長屋連へ隠居として名をつらねる。また同じ年川柳人クラブ（現川柳人協会）を結成、その代表者となる。

# 第三章　川柳を作る

# 人間を詠む

句を作るとき、「かたち」から入るか「こころ」から入るかは難しい問題である。というより、どちらが優先するかが問題ではない。かたちがあっても心がなければ川柳として面白くない。逆に内容がよくても、定型を大きく外れていたら川柳として成立しない。どちらを優先させるかではなく、二つが揃ってはじめて川柳である。小さな子どもにお母さんが好きか、お父さんが好きかと訊くようなもので、その質問が子どもを戸惑わせるだけであることと同じだ。

とは言え、並行して進行は出来ないので、ここでは「かたち」から入りたい。なお例句については新葉館出版発行の『課題別秀句集　川柳歳事記』の作品を使わせてもらうことにするので、ご諒解いただきたい。これは現在四冊出ているので、それを座右に置いてすすめていきたい。

川柳が五・七・五の定型であることは前にも述べたし、誰でも知っていることである。さっそく例句を挙げていくことにする。

消しゴムで消される愛をラップする　　さざき蓬石

とじ込めたはずの思いがまだ熱い　サヨ子
手袋の白に隠れている野心　坂稲花
一辺の長さが胸に届かない　真理子
デッサンのまま少年の恋終る　原田健三

どの句もきちんと五・七・五になっていて、言葉が途中で切れることはない。最初は指で折りながらでも、きちんと五・七・五に纏める努力をして欲しい。慣れてくれば、頭の中でリズムを取りながら纏めることが出来るようになる。それまでは恥ずかしがらず、指を折りながらでも定型を楽しんでいただきたい。選んだ句は、どれも人間の本性を捉えていて、感銘深いものがある。
次に、こちらはどうだろうか。

日本人だから嬉しい箸の先　伊豆丸竹仙
いちりんの花よ愛とは命とは　紀乃

これらも五・七・五で読める。あるいは「日本人だから／嬉しい箸の先」「いちりんの花よ／愛とは命とは」と、八・九の一七音の読み方をしても不自然ではない。これは句跨りとも言う。

水掛け論を六法が仕分けする　都倉靖子
学歴というレッテルの不確かさ　良一
この人となら泥舟も厭わない　藤谷怠民愚

七・五・五の一七音で、定型としての違和感はない。この辺までを定型に収まっていると言っていいだろう。

まずは一七音の定型に収めること、定型をきちんと身につけることからはじめたい。定型を身につけておけば、字余りや破調になっても大きくリズムを乱すことはないからである。ちなみにここでいう破調とは、自由律という意味ではない。定型を意識しながらも、どうしても定型に収まらなかった作品のことである。

作り方の一回目として「人間を詠む」ことを中心に進めていく。「人間を詠む」といっても、具体的には人事・人情の世界ということになろう。つまり人の動きとそれに伴なう心の動き、人と人が触れ合う際の温度差や共感である。それをいかに読み手にうまく伝えるかである。そのためのテクニックというか、技法を学んでいきたい。そういう作品を拾い出すのは容易である。

妻の顔うかがいながら決意する　金森ちえこ
許し合い海の広さに溶けて行く　大森美茶
師の句碑がある故郷の風に立つ　蘭　幸
身の丈の夢へやさしくめぐる四季　山本とも子
下積みの石を捨石にはしない　浜　子

人情っぽい句を拾い出してみたが、前面にそれは出ていない。垣間見るように人情を覗かせている。いたずらに人情を前面に出すよりも効果があるように思う。これは技法というより、長年の作句歴から会得した自然の技である。

ならば、初心者はどうしたらいいのだろうか。多読・多作は耳にタコが出来るほど聞かされているだろうが、加えてそれを記録しておくこともいい。言い換えれば、自分の引き出しに入れておくということである。この引き出しを多く作っておけば、いつでも引き出して反芻することが出来る。

ただし、心すべきことは記録しておくのはあくまでも他人の作品であるということだ。だから大事にしなければならないのだが、注意すべきは、あまり大事にしすぎて自分の句のように思い込みをしないことである。

川柳は写生ばかりでなく、その中に意外性を持ち込むことで、単なる写生から抜け出すことが出来るし、それが川柳を作ることの醍醐味であると言える。その逆転劇のドラマは下五においたほうが効果的でもある。

あきらめて三日目なめくじになった　洋子
許せない日も遠くなり茶は二つ　亜紗子
神話にも聖書にも居た悪い人　蕉子

下五の意外性で人情が引き立っていることが分かる。まさか「なめくじ」になっているとは思わないし、仲直りの茶碗が二つあることも、意外性で引き立っている。悪人は善人の引き立て役であり、彼らがいればこそ聖書も神話も成り立つのである。甘いものの中に僅かな塩が必要であることに似ている。人情の機微は、善悪の織りなす反物のようなものである。
下五の意外性と同時に、見逃すことの出来ないのが比喩の意外性である。先の「なめくじ」などもその一つである。

母の背を超えたい毬が弾みだす　紀代子

故郷と心を紡ぐ糸電話　弘子

猫の手にされて亭主の年の暮れ　野見山昌士

必ずしも意外性があるとは言えないし、予定調和を出るものではないが、比喩が大きな力となって訴えてくる作品である。比喩は詩歌のいわば常套手段であるが、作品に力を与えてくれる役目を果たしている。

比喩には明喩（直喩）と暗喩（隠喩）が知られている。その他にもあるが、まずは明喩の作品を紹介してみたい。

老老介護影の形に添うごとし　倫子

化けの皮はがれたように写ってる　加藤けいこ

銀行の利子に似て来た記憶力　喜久雄

明喩の場合、ここに挙げたように「ごとし」「ように」「似る」など、その他「さながら」「たとえば」「あたかも」などなど、喩えるものと喩えられるものを直接比較して示すので、どうしてもセンテンスが長くなる。川柳などの短詩文芸には不向きのようで、拾い出すのに苦労した。逆に暗喩の場合はいままでも見てきたように、短詩文芸だけでなく、文章などにも多く見られる。辞書を引くと「あるものを表すのに、これと属性の類似するもので代置する技法」（広辞苑）とある。ストレートにイメージが頭の中に浮かんでくる。

暗喩の例句も探ってみたい。

変換へかっと見開くダルマの目　風子

口喧嘩巧みな妻の変化球　敏雄

抜擢に尻込みをする青リンゴ　あすなろ

老いて識るすべてに和する蝶番　鈴木いさ乃

気分良くかけた電話に鬼が出た　末子

偶然だが五句とも下五に来ている。そのほうが効果的であることを知っているからだろう。句意の裏も表も見えてくるような比喩ではないか。ことに「ダルマの目」には他の言葉では言い表せない迫力がある。

その他の技法の句を拾って、技法を探り出してみたい。

擬人法とは人間でないものを人間に見立てて表現するものだが、川柳は人間を観察することからはじまる。物から人間への移転は必ずしも得手としないようで、これも探し出すのに苦労した。苦労した甲斐があっていい作品に巡り会えた。

化粧した言葉真意がつかめない　朝子
公園の桜咲こうか思案中　政子
お互いに素性明かさぬソバの花　広作
節電の世に夜桜の生欠伸　三十六
スカイツリーの負けず嫌いという高さ　早苗

言葉が化粧したり、桜が思案したり、蕎麦の花が素性を明かさなかったり、夜桜が生欠伸をしたり、スカイツリーを負けず嫌いなどと、みな人間と同等に人間に置き換えて表現されている。

次は擬物法の作品を見てみたい。擬物法は人間を物に譬えるものである。

踏みしめた足に決意の仁王尊　中村牛延
夫婦独楽ぶつかりながらよく廻る　佐藤久吾
枯渇する心の襞へ花を植え　筒井益子

サイダーしゅわしゅわコンパスに職がない　順子
さくら咲く絵馬もいななく合格日　南山

「蝶番」「仁王尊」「夫婦独楽」「コンパス」は物そのものであるが、誰もが人間に置き換えて読んでいるはずである。最後の句は絵馬だが、合格したのは人間だから大目に見ていただきたい。今年（平成三〇年）は戌年でもある。冗談は措くとして、その人間の輪郭までより鮮明になっている。置き換えが適切であるからである。

さて、人間といえば喜怒哀楽がある。これは人間特有のものではないが、人間により鮮明に現われる特性である。人間臭いなどとよく言うが、これには喜怒哀楽が伴なってくる。

▽**喜び**

長生きも出世のうちか古稀飾る　哲夫
退院日風がやさしく笑ってる　広瀬千栄子
念願がかなない達磨の目を入れる　みち子

人生で喜びの場面は多くない。だから貴重でもあるのだ。苦労のあとに、それが報われたときの喜びは大きい。

▽**怒り**

洗車した後へ非情な火山灰　静山
なんでやねん行きも帰りも向い風　小山聖也
国民を忘れ論争泣けてくる　平田澄穂

世の中の不条理に怒るのは人間として当然のことであるが、これに利害が絡んでくると怒りはさまざまにかたちを変えて現れる。

▽**哀**

重ね着もふところ寒い十二月　奎朝
肩幅に父の昭和はまだ褪せず　竹島洋子
盆栽の松も正座を崩したい　酒井純子

哀とは悲しみである。いとおしむという意味もあり、盆栽の松の枝も複雑に伸びたりする。季節の移り変わり、時代の変遷にも哀は出てくる。

▽楽しみ

旅支度終えて鞄が欠伸する　洋子
少年の白紙に夢が溢れてる　鎌田一尾
綿菓子も風に揺れてる秋まつり　金子金将

楽しみは明日を期待し、未来へと向かう。期待という鞄はパンパンに膨れ、少年の画布には何でも描ける。秋の実りに空腹を忘れる。

さまざまな人間模様を紹介してみたが、何かもの足りなさが残る。例句を続けるなかで、もっと見ていきたい。人間が好きだから…。

# 自然を謳う

自然とは種々の捉え方があるが、ここでは「天然のままで人為の加わらないさま」「山川・草木・海など、人類がそこで生れ、生活してきた場。特に、人が自分たちの生活の便宜からの改造の手を加えていない物。また、人類の力を超えた力を示す森羅万象。」（広辞苑）とある。その範囲と考えていただきたい。そうした自然の中の変化は四季、春夏秋冬に現われる。人智を超えて壮大なうたが聞こえてくる。神の存在というか、そんな大きな力を意識してしまう。それに、故郷という心の拠りどころにも残っているものである。

ふるさとを思い出すときに、そこにある山や川や海、そしてそれらを映した風景がある。季節とふるさと、そんな分け方で、自然を謳った作品を拾ってみた。

作句の参考になったならば、皆さんも積極的に故郷を表現してみては如何だろうか。ここではただ単に季節の捉え方だけではなく、作品に仕立てているための発想やドラマ性を汲み取っていただきたい。

というのも、やはり人間の存在、意義というものがあって川柳は成り立つと思うからだ。自然を謳うことで、そこに住む人間、そこに立っている人間が浮かんでくる。自然をどう感じどう捉えるか、人間いや個性を垣間見ることが出来るような気がする。

季節を詠んでみたい時、どう仕立てるのかによって伝わり方、受け取り方が変わってくる。そんなものを見極めながら作ってみたい。まずは春から。

### ▽春

早春の岬で風を待っている　一粋
花いかだ舞うて沈んでまた舞うて　神野節子
目を閉じて菜の花の黄のど真ん中　嶋澤喜八郎
タンポポを囲んで野良のお茶にする　明
野の花の海へ捨てたい過去がある　竜之介

春の自然を詠みながら、浮き立つ心を抑えて、素直に頷ける作品ばかりである。

春は辞書的には「①四季の最初の季節。日本・中国では立春から立夏の前日まで、太陽暦では三月・四月・五月、天文学的には春分から夏至の前日まで。②正月。新春。」などである。季節の始まりであるばかりではなく、生活の上でもスタートの時期である。入学式や入社式など、春は年度の始まりであり、物事の始まりである。だからだろうか、春を詠んだ句は多い。

▽**夏**

ひと夏の恋に弾ける鳳仙花　野木尋子
あじさいの風にうっかり返事する　学
向日葵と熱気を競う蝉時雨　黒川佳朗
朝顔とゴーヤみどりでラッピング　薫
草も子もぐんぐん伸びる夏休み　タンゴ

辞書には「四季の一つ。春の次。秋の前で、現在一般的には六・七・八の三カ月。」と愛想がない。

新緑の凌ぎやすい季節から梅雨という雨季と、一年で一番暑い季節が同居している。ここに並べた作品も、季節の勢いを感じさせる。上手に人間の営みに絡ませて、青年のような勢いが出ている作品である。背丈が伸びたり、肥ったりするのは草木ばかりではない。万物に季節の恵みが降り注いでいる。夏休みとは、自然と一体になるためのものではないだろうか。人生で言えば、青年期の何でもやってやろう、何でも出来る、そんな覇気を秘めている。

▽**秋**

どの庭も柿と子どもがいた昭和　敏子

吹きだまる枯葉を踏んで急ぐ子等　池端謹路
紅葉狩りいつも振られてばかりいる　陽　子
ミノムシの揺れて侘しいワンルーム　ヤギエ
いっぺんに散ってくれろと落ち葉掃き　斎藤弘美

秋は実りの季節であるが、実れば樹木も草花も、その役目を果たしたことになり、葉を落とし始める。虫たちも一際高く啼いて、次の季節を呼び寄せる。それは厳しい冬に耐えるための自然の掟であり、自然のわざである。そこには一片の無駄もないことを感じてしまう。

この季節に人間が感傷的になりやすいのは、暑さから涼へ、そして寒さへ向かい、身を守ることに関心が向くからだろう。あるいは実りという完結があるからであろうか。どの作品にも、どことなく哀歓が漂うのはそのためである。

▽冬

陽を仰ぎ静かに燃える冬薔薇　直　次
人間のエゴとは知らぬ冬苺　嵯峨里かほる
降る雪を透かしてみれば春の色　星　児
水仙のアピール気品ある香り　悦　子

各駅停車雪が深まりゆくばかり　清野玲子

冬といえば雪を思い浮かべる。私の故郷新潟では、冬と雪は一対のものである。一二月から翌年の四月まで、雪に埋もれた生活である。雪は味方にもなり、敵にもなったりする。墨絵のような単色の景色の中での生活を強いられる。ここにある作品は雪のない自然を詠った句が多い。心の中の冬景色もある。厳しい自然と同時に毅然とした人間の営みが浮かび出ている。冬＝厳しさである。でも暖房の効いた部屋で飲むビールの味は格別である。川柳もそんな感じで楽しむのもいい。作句とは、人によっては格闘であるかもしれない。

▽ふるさと

里帰り長居せぬ子に安堵する　栄子
ウグイスの声だわたしは生きている　丸山あずさ
おかえりと駅がやさしい顔になり　綾
野も山も海も教えに満ちている　日野愿
旅好きの雲と故郷を語り合う　正路

故郷というと、何となく鄙びた風景を思い浮かべる。都会の住民の多くは、その周辺から移入してきた人に占められている。ふるさとイコール自然である。そして父母のいませし里である。

都会で生まれ、田舎で生まれ、その生まれた土地で生涯を終える人も少なくない。その人たちには、住んでいるところがそのまま故郷である。特別な感慨はなくても、自ずから愛郷心が生まれてくるのではないだろうか。ふるさとは遠くにありて思うもの、とかつて詩人は詠ったけれど、今は新幹線で、飛行機で瞬時につないでくれる。

生活の上では人工的なものに囲まれている。暖房があり、クーラーがあり、部屋は密閉された空間である。夏でも長袖を着ていたり、冬でもノースリーブのシャツや服が楽しめる。果物や野菜も季節を忘れつつある。それゆえに自然を大切にしなければならないと思う。自然を詠むことで、自然の大切さがより身近に感じられるのではないだろうか。

飛行機には乗ったことがないのだが、そんな折りには富士山を目よりも下に見ることになるし、マンションあるいは高いビルの部屋からは、鳥が目よりも下を飛んでいることがある。樹の上の鳥の巣も上から見える。船に乗れば日本や中国、アメリカ、オーストラリアなどを外から眺められる。人間という小さな生き物が、自然を超えて見たり感じたりする。その中で発見があり、それに伴なう驚きがある。自然と指を折りながら、作句の姿勢になってくる。

自然を詠むときには、辞書で確かめてからというわけにはいかない。自分の目を信じて、見たまま感じたままを句にするのだが、それだけでは川柳にならない。発見の驚きをどう表現するか、個々の違いはあろうが、ここで幾つかの方法論を挙げてみたい。その中で自分にあった手法を見つけてほしい。
かぼちゃを描くときに、武者小路実篤の野菜画を思い出すか、安井曽太郎の静物を思い出すか、あるいは外山康雄の細密画を思い浮かべるか。あるいは加賀の千代女の俳句だろうか。まずはイメージを膨らませていくことである。見たままを写生したところで、人を感動させるにはよほどの筆達者、絵巧者でなければなるまい。

菜の花の黄から始まる春の風　すえひろ
ひっそりと咲いてすみれは春を告げ　北城ヨシ
大地割る双葉に広い天がある　千恵子
散るもみじ裏も表も見せながら　一　雄
水澄めば自然に寄ってくるホタル　平尾菜美

素直な写生に共感する。見たままを詠んだだけだが、素直に心に入っていく。それが写生の強みである。絵の巧い人の筆先のように、気負いのないところに共感するのである。

雲切れて天体ショーに酔いしれる　石井碩子

芽吹きして春の衣装に身を纏う　大塚加代
車中から晴着姿の富士の山　古川雅子

置き換えの技法とでも言えるものがある。「天体ショー」、「春の衣装」、「晴着姿」がそれである。比喩という言い方もあるが、少し違った感じがする。比喩は実際のものと違えば違うほど、驚きは大きくなるものだが、ここでは身近なもので間に合わせている感じである。言い換えれば、テクニックが前面に出ていないということである。

虹を辿れば野ざらしのショベルカー　律子
春一番感情線がよくしゃべる　長谷部良庵
浮雲に心を寄せていた不覚　文子

風景画であるが、画面の中に主体と相反するものを置くことで、主体が大きくクローズ・アップされている。写生をするにも敢えてそんなアングルを選んでいる。「虹」も「ショベルカー」も、どちらも主役の座を譲ろうとしない毅然としたものがある。「春一番」「感情線」も然りである。

新緑をしぼり出してる古い枝　明吟
夕陽背にして父の樹は寡黙　誌津子

名月と草を枕に山頭火　　大塚一由

「しぼり出してる」のい抜き言葉が気になるが、搾り出すまでの脳回路の働きを買う。二句目の「父の樹」の「寡黙」、これもやや常套的ではあるが、それゆえに説得力がある。放浪の山頭火に名月と草も同様である。読み手の心の中に抵抗なく入っていく。これも自然の恵みであろうか。

十六夜の月のかけらを杯で飲む　　放示和彦

鰯雲夏のカケラを食んでいる　　赤松蛍子

飲んだり、食べたりする、その飲み食いが異常な例。やや大げさに、本当なら食べられないものを食べている。比喩の巧みさとオーバーな表現が効果を上げている。私も「月のかけら」や「夏のカケラ」を食べたり、飲んだりしたくなってきた。

満月にすすき波打つ小宇宙　　山野茶花子

紅葉狩り秋の音符の中を行く　　樋口すみ江

約束であったか雲であったのか　　浪　枝

秋の雲だけが残っている鏡　　裕見子

比喩としてよく使われる言葉ばかりであるが、使い方によっては、新鮮に感じられることを知った。わざとらしくならないからであろう。

粉雪が瓦礫の山に鎮魂歌　敬三
居座った女房のような寒気団　肇
春だなあ出会い頭に欠伸する　ヨシ絵

三・一一が記憶の底にあり、瓦礫という残滓のように沈んでいる。むしろ記憶の底に仕舞い込んでしまったのかもしれない。

夏蝉も残暑になって声がわり　本村武久

初夏の匂いが若葉から伝わってくるが、やがて蝉が鳴き、晩夏の主役も選手交代になる。川柳は人間を詠むものだと言われる。そのせいか、自然を詠んだ作品を選ぶのに苦労した。でもいい作品に巡り会えたと思っている。技法の参考になれば幸いである。

（作品はいずれも新葉館出版『川柳歳事記』及びその弐、参より引用した。このあとも同様である。）

# 社会を裏返す

地球という大きな星もひとつの社会で、これを平面で表したのが地図である。その世界地図を広げれば、さまざまな国がある。その国を一つ切り取ってみると、そこにも幾つかの州だとか、県だとか、町などがある。ここでいう社会とは、くだけた言い方をすれば、世の中全般である。かなり広範囲になるが、コンパクトにまとめてみたい。さまざまな切り口から、作句のヒントになるものを見つけていただければ幸いである。

人だけの授かり物でない地球　佐藤秀治

最低の常識挨拶が出来る　能子

地球の温暖化が叫ばれている。その責任のほとんどは人間にある。地球上の生き物は人間ばかりではない。地を這う虫も空を飛ぶ鳥たちも、川や海に生息するあらゆる生物も、地球という社会の恩恵にあずかっているのである。このすべての生き物たちに挨拶が出来るのだろうか。厳しい言葉は使われていないが、それゆえに深刻さを身近に感じさせる。二句目の作品も同じような批判精神の眼差しを感じたのでここに紹介した。感じたままを、そのまま作品化する手もあることを知る。

自転車を倒したままで沖にいる　恒　雄
井戸端で知恵を授かる生き上手　伊東五月
消費税加え暗算上手くなる　まさ江
生活に煙のにおいある昭和　長澤祥子
介護の手冬を一番先に知る　木村源子

生活空間で、身近に感じられる作品ばかりである。自転車は身軽で、バスや電車に乗るほどの距離ではないときなど、文字どおり足代わりとして重宝している。そんな人が多いようである。自動車に比べれば安価で手に入り、駐車に苦労することもない。しかし近頃は交通安全を無視した、曲乗りみたいに乗り回している若者を見かける。人通りの多い歩道の真ん中に止めたりしている。

井戸は無くなっても、井戸端会議は残った。消費税増税でその計算がややこしくなっている。煙の立つ生活が遠くなる一方で、介護の問題が重くのしかかり、生活を不安定にしている。同じような生活範囲であっても、ここでは視線を変えたところから作品化を試みている。

不況風老舗ここにもあった筈　順風
この不況家計は渋く引き締める　昌子
リストラの話が濡らす縄のれん　定一
順調な時も逆境視野に入れ　山中久美子
ロボットが社員の首を軽くする　仲澤弁膜

不況という風は、何故か庶民といわれる私たちに直接影響を与える。隙間風のようにストレートに、である。縄のれんで愚痴をこぼせる人が羨ましいくらいである。昭和という、激動ではあったが、若いせいかその上り坂も一気に駆け上った。そう思ったら、ロボットがご苦労さまということもなく、働き場をうばいつつある。世の中は進歩しているというが、ある角度からみると歪んで見える。物を見る眼は、作品化することによってさらに深度が深くなってくる。

捨てて出た島の椿は今盛り　灰原泰子
帰りたい母の匂いのする町へ　伸
終点に日の丸の旗落ちていた　小鹿

捨てて出た、と言っているが、捨てるしか選択肢がない場合もある。それが故郷やそこにいる母を思ったりする。日本という国土も言ってみればふるさとである。何か忘れ物に気づいた感じで、共感を呼ぶ仕立てに仕上げられている。独りよがりにならなかったのは、誰もが感じることだからであろう。

伐採に行き場をなくす森の精　村田倫也
将来が真暗になる大自然　金木ヨシ子
竹割るようにゆかぬ竹島　純一

自然破壊という言葉が言われ始めてもう古い。もはや壊す自然すら見られなくなってきた。その一方で、過疎化が進んでいる地域がある。森の精のような純朴さが失われ、何事もお金に換算して、物事の価値を決めてしまいがちになっている。三句目は「竹」と「竹島」の縁語仕立てで、狂句的な手法を用いている。そこに強い風刺を意識していることがわかる。現実の厳しさを外して、遊び心を前面に持ち出すことで、読み手の好奇心を喚起させる手法と言ってもいいだろう。

喋るだけ喋り解決できぬ基地　美智子
ヒロシマの夏に慟哭照り返す　細田陽炎
激動の昭和の町がこわれてる　紀　夫

平成も三〇年となり、平成生まれの世代が世の中を動かしている時代である。そんな中で昭和時代を懐かしんでいるだけでいいのだろうか。昭和時代の問題がそのまま残されている、もの、ところがある。「基地」問題であったり、原爆の証跡であったりである。遺すことと壊すことの二つしか選択肢がないのだろうか。意識して壊していくものもあれば、語り部として残るものもある、遺しておかなければならないものもある。悲しいけれど、原爆ドームが風化することはない。そうした風景を心の隅に置くことで、作句への意欲が湧いてくるものである。

復興の隙間で増税を謀る　光柳

原発も拉致も選挙も腹が立つ　安子

受け売りでないぞ反核の拳　善純

日本は世界で唯一の被爆国である。にも関わらず原発が各地に設けられている。核という力の大きさと怖さを知っている、知っていなければならない。経済という生活基盤に押されて、その数を増してきた。そのことを不思議に思い、句に仕立てている。ここには反対のための反対ではなく、身近に迫っている危機感があるからである。句にすることで社会に訴えているのである。作句の意図は、素直に伝えることで成功していると言える。けっして受け売りではないのである。

テロ戦寒い図式が何故消えぬ　佐々木孝子
民の何故霞ヶ関に押し寄せる　隆子
反日の旗が過去形から生える　勲

国という大きな塊ではあるが、ここにはさまざまなものが犇めき合っている。主義主張だけではなく、人種が違えば言語も違う、国の方針もその国を特徴づけるものである。平和を謳歌している国でも、難問を抱えていない国はないだろう。表に出ないだけである。現実には今でも戦で生命が失われているところもある。そこに意識を持つことで作句への意欲へと繋がる。新聞を読むことも、テレビを観ることも、見識を広げることになる。世の中の矛盾や不条理に気が付くことで、ペンを持ち、机に向かう。そのことで、自分の世界、自分の宇宙を広げてゆく。

まぼろしの票に手を振り手を握り　ことゑ
国民のいらいら暑さだけでない　天鬼

戦後、などというと笑われそうだが、権利意識が大きく叫ばれ始めたのが戦後である。それはそれまで、大きく損なわれてきたことの反動からである。参政権とは政治に参加する権利である。現在は当然と思われていることも、それを手に入れるために、多くの人が戦ってきた歴史を持っている。その参政権を一番身近に感じることが出来るのが選挙である。しかし戦後七〇数年、政治は変わっただろうか、選挙の虚しさを感じてしまう。現実に投票率三〇パーセント台ということも珍しくない。いらいら感もさらに募ってくる。作句へのヒントは、その矛盾に気づくことであり、それを改めようとする意欲ではなかろうか。

とんがった神経ひまわりがわらう　安土理恵
ガセネタがカジキマグロの喉に有る　井上一筒

魚の小骨がのどに刺さって、いらいらした記憶は、多くの人が持っているのではないだろうか。世の中には解決できない問題とか、気になる事件が多く、いらいら感を募らせている人は多いと思う。それを具体的な事件・事故と結び付けないまま句に仕立てることで、いくらかでもいらいら感を治めようとしている。そうしたいらいら感や不満が、政治を変えていく原動力になることもある。現状に満足していては、それ以上に進歩することはない。疑問を持つことも、作句意欲を駆り立てるものである。

好きにして良いと石ころ持たされる　峰　代
保育器の中へもぬっと国のツケ　茂　男
家庭教育手ぬるいイジメ作るだけ　さだ子

教育の原点は学校だろうか、家庭であろうか。多くの人は家庭であると思っているのではないだろうか。私もそう思っている一人である。家庭での躾はしかし、世の中に通用しないものもある。それを融和させるのが学校とか、近隣社会といわれる世の中である。社会へ眼を向けるのも作句のポイントである。広い目配りが、人が気づかないものにも眼を向けさせ、意外性を引き出していくものである。誰でも気がつくことでも、角度を変えてみることで、新たな発見に出会うことが出来る。視野も広がっていく。

猫の目の教育論に根が枯れる　順子

前の三句は家庭教育の立場からの作句であるが、この句は行政面から攻めてきている。あるいは世間とか専門社会である。世の中の風潮に合わせるように教育論も変わっていく。上辺は当然のようだが、背骨のような屹立するものがない。言葉を変えれば筋を通すという一貫性であるそれがないのである。作者はそこに目を付けたのである。

教育という面では、世の中は厳しい眼で見ている。見られている。下手をするとその人の人生を変えたり、大きくいえば、国や社会の方向性も決めかねないからである。安直に答えを出して、そのまま突っ走っても困る。

しがみつく介護保険という浮輪　幸子

浮輪もないまま、沈没船と運命を共にしたという不幸なニュースが、つい最近世間を騒がした。それとは関係ないところで浮輪が役に立っている。役に立っているという言い方も嫌味っぽいが、鋭いところに眼を向けている。私も早晩やっかいになる介護保険だが、浮輪を貰う前にまだまだ足腰を鍛えておかなければと思っているのだが…。

浮き雲に心を寄せていた不覚　文子
バス停が道路工事で遠くなる　小山しげ幸

このくらいは許してあげたい。ふんわりと春の雲があたたかさを感じさせる。

社会を裏返すとは、裏面を曝け出して全体像をあぶり出そうということだったのだが、そうした作品を捜し出すのに苦労した。でも、川柳の批判精神はいたるところにあり、それに近い作品に出会う度に共感してしまう。『川柳歳事記』の作品のほとんどは課題吟である。どうしても穏やかな方に向いてしまう。課題吟の限界のようなものを感じた。しかしそうした面でも、作句の参考にはなると思っている。課題吟で苦労すれば、雑詠へ移行しても、違和感なく入ってゆけるのではないだろうか。多読もまた作句の肥やしであるからである。

多読、多作は車の両輪である。どちらを疎かにしても、うまく前に進むことは出来ない。他人の作品には作句のヒントがいっぱいある。読むことで自然と創りたくなってくるものである。

次は時事川柳を取り上げたいと思っている。ここにはさまざまな個人や企業や組織が、鋭い批判精神の眼に晒されることになる。文字どおり社会を裏返した作品にお目にかかれる作品を用意している。作句の手がかり、作句の心構えなども紹介したいと思っている。予告を裏切らないように準備態勢にはいりたい。

# 時事川柳

時事を辞書的に解説すれば、①その時に起こったこと。当時の出来ごと。②昨今の出来ごと。現代の社会事象（広辞苑）ということになる。これを川柳に関連づけて説明すると、「現前に生起するアクチュアルな事象を、ある限定された時間の中で捉えた句ということになる（尾藤一泉編『川柳総合大事典』第三巻用語編）。

今回は歴史的な時事川柳を紹介しながら、時事川柳とどう向き合うか。どう作っていけばいいのかを探ってみたい。そんなわけで『川柳歳事記』をはみ出して作品を抽出することになる。身近にある自著『川柳は語る激動の戦後』およびその他から選ぶことになるのでご了解いただきたい。

時事川柳の場合、風刺が大きな力になっているが、ある事件、ある事象を応援する力になることもある。幅広く取り上げ、作句の手助けにしていただければ幸いである。最初から風刺で脅かしてはあとを読んでもらえないような気がするので、ほのぼのとしたものを選んでみた。年代はいずれも昭和である。

民主主義妻の荷物を持ってやり　蘇雨子（二二年）

昭和二二年五月三日から新憲法が実施され、その後憲法記念日として、国民の祝日となった。新憲法では男女同権が大きく謳われている。現在では当たり前になっているが、それまでは女性には選挙権がなかった。

週刊誌通勤用と家庭用　寿南史（三四年）

週刊誌は新聞社から出ていたが、この頃から出版社からも出てきた。新聞社は早さを売り、出版社系は編集の企画で売った。

三億円ああ千円で何枚か　義明（四三年）

この年の一二月一〇日、東芝府中工場のボーナスを積んだ現金輸送車が襲撃されて、三億円近い現金が、白バイにとめられそのまま盗まれるという事件が起きた。大事件であるが、句はその深刻さを感じさせず、ユーモアというオブラートに包んで表現にしている。大会社への羨望もあってか、共感を集める作品となった。

ハマコーが居眠り議員みな起こし　正隆（六三年）

衆議院予算委員会で、自民党の暴れん坊浜田幸一議員ことハマコーが、共産党の宮本顕治に対し「殺人者」と野次を飛ばし、国会審議を空転させる事件？があった。

いにしえの歌もサラダに料理され　　牛　歩（六三年）

この年のベストセラーに俵万智の歌集『サラダ記念日』がある。句集や歌集がベストセラーになることは珍しい。口語表現で分かりやすかったことが売れ行きをよくしたものである。

ごらんあれが中流の上うちは中　　寿　子（平成三年）

国民の大部分が中流意識を持っていることが話題になった。図らずもこの年にバブルの崩壊があって、中流意識も瞬間風速にかき消された。

帰宅した夫の首を確める　　恵　太（平成五年）

リストラとは本来リストラクチュアリングの略で、再建を意味する言葉であるが、どういうわけか人員整理、企業における社員の馘首的な意味で使われはじめた。バブル崩壊の津波が押し寄せ、ある日突然、失業者になることもあったらしい。

労働組合も味方にはなってくれず、労働者の売り手市場もあっけなく消えた。

一つの事件、出来事をどう捉えるかで、仕立て方が変わってくる。時事というと、難しかったり、深刻になったりするものが多い。表現も硬くなる。正面から向き合うのではなく、優しい面を見つけて上手に料理するのも、時事吟作句の楽しみ方である。多読・多作の成果である。そういう意味でも例句をたくさん紹介したい。そのなかで、作句のコツを掴んでいただければ、今回の責任を果たしたことになる。

時事川柳と言えば風刺である。その研ぎすまされた槍先は、時には人を傷つけることがある。個人攻撃や弱い者いじめにならないようにしなければならない。しかし、悪への攻撃の槍先を丸くしたり、錆びを浮かしたものでは効果が薄くなる。視線を上に向けて、巨悪への批判など、対象をきちんと捉えて欲しい。

米びつの底で政治が死んでいる　空　想（二一年）

肉体の門からすぐに医者の門　武（二三年）

筍の果ての裸が売れて行き　凡　痴（二三年）

戦後間もない昭和二二年に田村泰次郎の『肉体の門』が『群像』三月号に掲載。話題を集めた。その一方で、国民の生活は貧窮を極めていた。「竹の子生活」とは、着ているものを食べ物に換えて、飢えに耐えたということである。

本物の千円だった四月馬鹿　三太郎（二四年）

千円札が出て、インフレを助長した。二年前に拾円札が出て珍しがられたばかりである。

政治だけ平年作を下回り　小　路（三四年）

稲作の多収穫が奨励されて、四年連続の豊作となった。

タイヤキの歌ぶつぶつと枕木渡り　戸　世（五一年）

子門真人が歌う『およげ！　たいやきくん』がヒット。国鉄では「スト権スト」などという、訳の分からないストが繰り返されていた。

リクルート株主だけで組閣出来　ねぎ坊主（六三年）

もう古い記憶になってしまった。この場合リクルートという企業名が出ているが、これを外しては意味がない。しかしながら、企業名、個人名については慎重に考えないと、名誉を傷つけたり、利害に関わってくるので注意が必要である。

それぞれの作品に時代を感じさせるものがあると同時に、当時の自分の生活と重ね合わせて懐かしく思ったりしている。

時代が過ぎると解説を加えないと分からない作品もある。これが時事川柳の弱点とも言える。だから鋭い切り口に共感させられるのだろう。新鮮な果物というより、熱いうちに打たなければならない鉄である。

先の『川柳総合大事典』第三巻用語編では、「時事句とは、現前に生気するアクチュアルな事象を、ある限定された時間の中で捉えた句ということになる。限定された時間というのは、対象に向けられる一般的な関心度がピークにある時で、それより早すぎても、作品的効果は弱くなる。時事句は絶えず新しい事象を求めて、生の時代相を反映することで、同時代に生きる読者の端的な共鳴、共感を得る反面、時間の経過とともに対象への一般的関心が薄れる度合いに応じて、作品も「消えてゆく」という宿命を併せ持っている」と指摘している。少し長い引用であるが、的確に時事川柳の短命という宿命を衝いている。

川柳の近代化は新聞『日本』によってはじまったと言っても過言ではない。新聞から始まったということで、時事を扱った作品が多くなったのは自然である。そういう意味からも川柳の近代化は時事に助けられた部分が多々ある。

さらに時事川柳という言葉が定着したのは、『読売新聞』に川上三太郎が昭和二五年四月一日に、「時事川柳」欄を設けてからであると尾藤三柳は指摘している。

時事についての説明でも、時事と混同し易いものがある。たとえば暦の上の行事や予定である元旦、節句、特別な人の誕生日、忌日などである。よく事前に作品化されることがあるが、これは時季がずれると訴求力が失われるということで、早くに作句したものである。時期は合っていても時事句、もしくは時事吟とは言えない。ただ単に時候・時節を詠んだものである。

別の切り口から詠んだものを探してみたい。最近のというより、もう少し近年のものを拾ってみた。まだ記憶に新しいものがあるはずである。

東西の壁を溶かした温暖化　痴　坊（平成元年）
ベルリンの壁もはいった福袋　東　風（平成二年）

平成に入ってまず世界の耳目を集めたのが、ベルリンの壁の崩壊である。第二次世界大戦の遺物と言っても言い過ぎではないだろう。一つの国が東西二つに分かれていたのが元の一つになったのだ。文字どおり世界の戦後が終わったと表現してもいいのではないだろうか。川柳子もすばやく作品化した。時事川柳家でなければ出来ない素早さである。

ここから平成の時事川柳を紹介するので、作句のコツを盗んでみては如何だろうか。お断りしておくが、真似をして欲しいということではなく、ヒントにしたり、参考にしていただきたい。先人の足跡を辿ることも川柳上達の道である。

百歳のアイドルがいる長寿国　　いかり草（平成四年）

最初はコマーシャルでテレビに出た。「うれしいような、かなしいような」という、キャッチコピーも意味深な、成田きんさんと蟹江ぎんさんの双子の姉妹。たちまち人気になり、アイドル的存在になった。

為五郎その冗談は悲しいぞ　　忠兵衛（平成六年）

クレージーキャッツのリーダであったハナ肇が昭和四四年にスタートした「巨泉×前武ゲバゲバ90分」で流行らした言葉に「アッと驚くタメゴロー」がある。その言葉を残してハナ肇が亡くなったのは、この年の九月。作者の忠兵衛さんももういない。歳月は残酷でもある。

戦後史に残す大きな下駄の音　　江戸川散歩（平成六年）

私にとっての戦後史は、田中角栄と美空ひばりである。ひばりは私と同年であり、その歌も子どもの頃から親しんできた。田中角栄は新潟県の生まれで、当時の新潟三区から立候補していた衆議院議員で、のちに総理大臣にまで上りつめた人である。新潟三区は私の故郷でもある。惜しむらくはお金に対する話題が多く、それが自らの首を絞める結果になったが、憎めない存在であった。その角栄もこの年の暮れに黄泉へ旅立った。下駄を愛用し、庭に下駄履きで池の鯉に餌をやっていた姿もテレビは紹介した。

朝飯の前を尚子が駆け抜ける　足立俊夫（平成一二年）

Qちゃんこと高橋尚子が、シドニーオリンピック女子マラソンで、日本人としては始めての金メダルを取って日本中を沸かせた。これもアイドル的存在となり、その上国民栄誉賞まで掌中にした。

アメリカの時計が止る午前九時　栗葉蘭子（平成一三年）

九月一一日午前九時、テレビを見ていたら突然一機の飛行機が高層ビルに突入。高層ビルはたちまち崩壊し飛行機もろともに多くの人が亡くなった。テレビが何度も何度もこの場面を繰り返し放映していた。とても人のすることではないと思いつつもそれが現実であった。死者三千人と聞く。アフガニスタンの過激派によるテロ行為である。戦争の愚かさは誰でも知っていることながら、その行為も人間の業とは思いたくない。

オレオレは稼ぎオレには職がない　　内藤豊子（平成一六年）

オレオレ詐欺とも、振り込め詐欺と呼ばれているが、高齢者を相手に高額の金額を騙し取っている。これだけ騒いでいるというのに犠牲者が減るということを聞かないばかりか、ますますその手口が巧妙になってきているようである。

面白そうな句を並べただけで、どれほど作句の手助けになっただろうか。ご意見お寄せください。

## 時事川柳の分類

時事川柳で一番大切なものはスピード、早さである。打てば響くように事象を料理しなければならない。材料の吟味も大切だが、野菜や肉は時間が経つほどに味が落ちる。事象の輝きが失せる前に料理しなければならない。それには瞬発力をつけておく必要がある。事象を前にしたら、すぐ反応できることを身体で覚えることである。これはすぐにというわけにはいかない。鍛錬の時間をおかなければならない。

最近は句会で席題を出題するところが少なくなったが、その場で「課題」に挑戦することで、おのずから瞬発力はついてくる。席題が少なくなったのは残念ではあるが、それなら自分でやるしかない。自分ひとりで努力するのは難しいが、時間があったらやってみることは無駄にならないと思う。何事もふだんの積み重ねが大切である。どうやるのかを自分で考え、自分で実行してみてはいかがであろうか。

作るための方法も考えなければならない。要するに作り方である。これも種々さまざまであるが、今回は次のように的を絞ってみた。幾つか並べてみる。事象という材料によって作り方も変わってくるが、参考になれば幸いである。今回も例句を新葉館出版の『川柳歳事記』弐・参の時事川柳作品を借用した。また表現技法については、多少アレンジはしたが、尾藤三柳氏の『完全版時事川柳』を参考にさせていただいた。

**⑴対置法**（平面や利害を異にする二つの事象を、等格に対比させる）

頼りない与党にだらしない野党　ふみお
知事よりも市長が偉い大阪府　福男
安全と念を押されて不安増し　清
年金を減らして増やす消費税　善二
国策と企業のエゴが生む悲劇　晏司

二つのものを対比させることによって、本質が見えてくる。与党と野党、知事と市長の逆転した立場、安全なのは当然なのだけれど、安全とあえて言葉に出して言われると、逆に不安になるから不思議である。国家予算の膨らみは国としてやらなければならないことが多くなったからだが、増えた分も国民の負担でまかなうしかない。国策が企業寄りになるのは、ここにもお金に絡む目論見があるからである。

もちろん作句の際に対置法でいこうとか、遠近法でやろうなどと意識して作るわけではない。作られたものをあとで分類したものである。以下同様に汲み取っていただきたい。

### (2)遠近法（過去の同種事象と遠近法的な視点から描く）

ＴＰＰそろそろ鎖国してみるか　与生
江からのバトンを清盛が受ける　順久
虐待のママが忘れた子守唄　清風
原発のふるい神話が融けてくる　一泉
南にも譲れぬ島がある日本　ともき

ＴＰＰと鎖国、似て非なるものながら、時代が変われば言葉も表現も変わる。江から清盛へ、たかがＮＨＫのドラマながら、世間の耳目を集めるに充分である。虐待の現実と子守唄の理想、世の中思うようにいかない現実を捉えている。原発の安全神話は所詮神話でしかなかった。北方領土も揉めているが、南や西にも資源埋蔵の領土争いが絶えない。四面を海に囲まれていて、国境の境を複雑にしている。

遠いものと近いもの、理想と現実、時代の移り変わり、過去は現代に繰り返されるものである。

### (3)反転法（反対側から光を当ててみる表現法）

へそくりはもう隠せない電子図書　良一

のど元を過ぎれば電気消し忘れ　尾花

政党が競い合ってる不支持率　智義

検察は被告席にも席がある　市朗

原子炉の熱で日本は冷される　市朗

本といえばペーパーを綴じたものを思い浮かべる。それがデジタル化されたら、まことにコンパクトに整理されてしまった。原発事故から電力の大切さが叫ばれた。のど元過ぎれば熱さ忘れるとは、人間とは忘れっぽい生き物である。本来なら支持率が問われるものであるが、不支持という反対側から光をあてられると、これも有りかなと思ってしまう。検察は被告の取り調べをする機関であるが、被告席に座らせられるという矛盾、検察官も人間であった。原子力の凄さは広島と長崎で知っているはずであった。

### (4) 喚起法（表現する対象を直接言わず、別の風景からそれを喚起させる）

ユニクロを着て反日のデモに行く　万丈
ランドセルいずれ国債入れられる　市朗
剣ヶ峰奥歯三本離党する　嘉三
答弁を二人羽織でする総理　善二
議事堂の中に巌流島がある　飛行

中国や韓国で日本のバッシングが厳しさを増している。反日のデモに参加するのに日本製のものを着ている。日本を拒否しながらも、日本の製品を頼らなければならない現実に矛盾を感じていない。

また、大小さまざまな政党が乱立して、奥歯という大事なものが失われてもなお、その政党名に固執しなければならない。面白いだけでは済まされないのだが、つい笑ってしまう。二人羽織の面白さは演技者とおもての動作のちぐはぐさにある。これが政治だと笑ってばかりいられない。直接言わない分、そこで考える時間が生まれる。間を置くことでおかしさも倍増するのである。

(5)**寓意法**（比喩の一種で、他の物事にかこつけて、それとなく意味をほのめかす）

消費税いつも庶民は毒の皿　　治幸
汚染土を詰めた袋がするあくび　　岳
どじょう鍋煮返すたびに味が落ち　　和夫
ブブゼラの耳鳴りがする熱帯夜　　寿子
四コマにしてはならないフクシマは　　孤遊

比喩の巧みさが、より本質を暴き出すものである。この場合、本質とかけ離れていればいるほど効果的である。消費税と毒の皿、欠伸をする袋、どじょう鍋と一緒に煮込まれた本質は、煮込めば煮込むほど味が落ちるのは止むを得ない。されどそのことによって、作者の言いたいことも煮詰まってくるのである。サッカーも期待に反した結果に終わった。ブブゼラが暑さをかりたて、フクシマも結論を急いでいる。

(6)**虚実法**（真実ではないがいかにも真実らしく）

使い捨て総理を決める党首選　　孝知
一兵卒何故か大勢部下がいる　　朋佳
竜がもう珠を落として泣いている　　一筒

行列のできる大阪維新塾　通夫
地球儀を包む気でいる中国旗　笑久慕

総理は当然使い捨てではないし、小沢一郎が一兵卒であるわけがない。だから彼は敢えてそう言っているのである。竜という比喩も嘘っぽい。大阪維新の会も無駄な選挙を税金で使った。大阪市民は寛大である。中国はあんなに広いのに、海の上の境界線に拘って、資源確保に懸命である。だれもそうでないと思うから、予想されることを口に出来るのである。政治家は誰もが比喩の達人である。そうでなければ選挙演説もつまらなくなる。比喩がたくみでも、それ以上に実行力が伴なわなければならない。

**(7)転義法**（いわゆる比喩のこと。暗喩、明喩）

台風か神風なのかＴＰＰ　良夫
スカイツリーの負けず嫌いという高さ　早苗
血税のバケツの底に穴がある　誠
塩漬けの重石が取れる八ッ場ダム　世詞
大臣の舌は不随意筋らしい　飛行

比喩は多岐にわたるが、その中でも暗喩と明喩が対象的で明確である。明喩は直喩ということもあるが、××のようにとか、○○の如しなどと文章が長くなるので、川柳のような短詩文芸では使いにくい。ここに紹介した例句はいずれも暗喩的手法である。神風や台風には新鮮味はないが、負けず嫌いというのは面白いし、バケツの底にも意外性がある。八ッ場ダムも漬物石のように重く、動こうとしない。大臣の舌禍は当たり前のようだが、不随意筋のように自分の思うままに動かないこともある。

**(8)パロディー**（よく知られた文体や韻律を模し、内容を変えて滑稽化、風刺化すること）

智恵子言う本当の空いつ見れる　かおる
八百長も四十八手のウラに入れ　弘一
民の飢え乗せてミサイル発射する　美千代
モンゴルが母屋まで盗る国技館　義也
金のオノよりハンマーは名が高し　優

パロるなどと動詞化され、多用もされている。智恵子は東京には空が無いといった。八百長も民の飢えもパロディーとしては弱い感じだが、それだけ意外性が強いともいえる。八百長はなぜか大相撲についてまわっている感じがする。北朝鮮も話題を絶やすことなく、ワイドショーを賑やかにするほど頑張っている。大相撲でモンゴル勢が活躍するのはうれしい。この年の夏場所、名古屋場所での活躍で豪栄道が大関に昇進するというニュースも秋場所を期待させてくれた。少しくらい川柳でからかわれても笑っていてほしい。

**(9)カリカチュア**（戯画、風刺画など）

ガンバロー掛け声だけの瓦礫処理　清風
首相から若葉マークが剥がれない　哲矢
大臣のイスから落ちる軽い口　利明
春風が無心に運ぶ放射能　尾花
平和ボケ日本にヨイトマケの喝　ふみお

漫画っぽさを言葉で表現するのは難しい。事柄によっては人を傷つけることがあるからである。瓦礫処理も、首相の若葉マークも、大臣の軽い口も、春風が運ぶ放射能も、平和ボケの日本も、戯画化することでその深刻さが浮かび上がる。これぞ時事川柳の真骨頂ではないだろうか。だから、からかいの対象は上に持っていく必要がある。目線も当然上向きになる。総理大臣もその他の大臣も、打たれ強い顔触れであるから安心してジャブでもアッパーでも浴びせてほしい。

**(10)リアリズム**（ありのままを表現して、その裏側に広がるものを表現する）

空腹がミサイル発射見上げてる　万丈
八ッ場ダム沈めてみたり浮かせたり　忠治
孤立死を知らず過ごして近所悔い　ひろ志
原発のツケが重たい電気料　笑久慕
いい時もあっただろうに原子力　光子

事実をそのまま述べて読む人を感動させたり、感銘させるのは難しい。逆にそのままの表現だから、強く訴えられることもある。率直ゆえに心にストレートに飛び込んでくるのだろう。具体的でなければならないが、個人名、国名などがはいるとややこしくなるので注意が肝要である。

時事川柳は事実をそのまま報告するのではなく、世の中の矛盾・不条理を暴くことで世間に訴えていくものである。ときには卑近の話題ではっとさせたり、偉い、賢い、強いと思っていた人の弱みを暴くことで、ときには傷つく人や企業・団体などがある。それはあってはならないことである。時事川柳が一番心しなければならないことである。逆に巨悪には恐れず立ち向かう姿勢が必要である。

時事川柳のネタは毎日の新聞・テレビ・ラジオなど情報は豊富である。テレビなら録画して、新聞なら切り抜いて整理しておくことである。対象となる事象は正確でなければならないからである。普段からこまめに纏めておき、どの引き出しにどんな情報があるかきちんと整理して、いつでも取り出せるようにしておくことである。これが小さなヒントで花開いたり、答えが出ないで悩んでいるときに笑顔を与えてくれるからである。

# 川柳の基礎用語

最後に川柳界の言葉のあれこれを解説してみたい。あいうえお順に並べて、多少の個人観が入るがお許しいただきたい。

**印象吟**＝多くの句会は題詠が普通である。印象吟は立体のものや音楽、あるいは詩の一行などから出題され、課題を詠むのではなく、課題からのイメージや印象を句にするもので、雑詠と課題吟の中間に位置する感じのものである。最近は印象吟だけを行なう句会も出来、人気を集めている。

**革新川柳**＝古川柳からの伝統を引き継ぐ伝統川柳に対して、新しい文芸観に立った表現を目指した川柳全般をいう。

**雅号（俳号・柳号）**＝俳句の俳号に対して、川柳では雅号ということが多い。川柳は無名性であったことから、ふざけた雅号を見かけることがある。雅号は作者のもう一人の自分であり、作者の個性でもある。自分に合った雅号をつけたいものだ。最近は本名で通す人も多い。

**共選**＝川柳は普通、個人選である。二人選の場合も個人選であるが、一つの課題を二人以上の選者が行なうものである。当然ながら選者によって選句結果に微妙な差異が生じ、それが面白い。

**吟行**＝普通の句会は室内であるが、たまには外で開いてみたくなる。近くの公園やあるいは少し離れた名所・旧跡等へ出かけて句を作り披講することは、遠足気分も手伝って楽しい。ここで多く行なわれるのが嘱目吟で、その場所で目に触れたもの、感じたことを句にすることである。

**句会**＝川柳の愛好家が一堂に会して句を競うことを中心に、多くは吟社が主催する。月に一回の月例会が普通である。句箋（短冊状のもの）に無記名で作品を書き、それを選をし、選ばれたものが読み上げられる。自分の句が読み上げられたら、その作品の作者は自分の雅号を大きな声で名乗る。これを呼名（こめい）という。

**位付け**＝句会など競吟の場で、入選作品に順位付けをすることである。前抜き・平句・佳作が普通の入選作品とすれば、その上位に五客・準特選・秀逸、さらにその上位に三才（天・地・人）、特選などがある。客の場合は「川柳マガジンクラブ誌上句会」のような一部の例外をのぞけば五客が普通である。特選・準特選は決まった数はないが、余り多くては準特選・特選の重みがなくなってくる。位付けをしない結社・グループもある。

**慶弔吟（祝吟・追悼吟）**＝慶は喜ばしいこと、祝い事などである。弔は人の死を弔うことである。結社や主催する団体の記念日（創立、節目の記念日、主宰者の慶事など）などは慶事である。逆に主宰者やそのグループの主だったメンバーの逝去を惜しんで行なわれるのが追悼句会である。その際に祝吟、追悼吟などを求められることがある。

**互選**＝句会などの選句法で、普通は出席者全員で選ぶ方式である。その合計点の多い作品が高点句として評価される。この場合、多くの人の共感を必要とするので、個性的な作品より、誰にも分かりやすい句が選ばれやすい。また、実際に選んだ理由を聞いてみると、自分では理解できない部分もわかって、その作品に対して改めて考える機会を与えられることで勉強になる。競吟だけでなく、お互いに理解しあえることが出来る。川柳が座の文芸であることを改めて思い知る。

**呼名**＝こめいと読み、句会などで自分の作品が読み上げられたときに間髪をいれずに名乗り上げなければばならない。もたもたしていると作品の鮮度まで失いかねないので、自分の作品はしっかりと覚えておいていただきたい。呼名は文字どおり打てば響くように、である。意外な人だったり、なるほどと思わせたり、この呼吸が句会を盛り上げるものだと知っていてほしい。

**雑詠（自由吟）**＝句会などでは普通課題があって、それに添った内容の作品をつくることが多い。雑詠とは自由吟ともいわれるように、何をどう詠んでもいい。身辺雑記から空想やフィクションでも構わない。課題吟は雑詠を作るための修練のものと思っている。もちろん、課題吟に真剣に取り組んでいる人も多い。それはそれで可としたい。

**サラ川**＝第一生命保険会社が募集したサラリーマン川柳がある。これを略してサラ川と呼んでいる。これを真似したようなものに、おばさん川柳とか、おじさん川柳など、属性というには余りにも貧しい発想を残念に思うものもある。

**三要素**＝川柳には穿ち・かるみ・滑稽の三つの要素があると言われていた。しかし現代川柳はもっと複雑化してきた社会と相まって、あらゆる角度から詠まれ、さまざまな視点から作品化されていて、単純な分類のなかに収まりきれなくなってきている。風刺や抒情、生活全般も含めて、奥の深い文芸となっている。

**し止め**＝終止形が「〜する」となる動詞の連用形の下五が「し」で終わる形をいうが、古川柳には「し」で終わるものが少なからずある。現在、この形を嫌う傾向がある。嫌われる理由がよく分からないのだが、かつての前句付の匂いがあり、完結性が曖昧になるからではないだろうか。尾藤三柳は『川柳総合大事典』で「近代以降の川柳が独立性を志向して、留めのかたちも連用形から終止形が主流に移行しつつある趨勢のなかにあっては「し」止めも例外でないとはいえるだろう」と記す。まだまだ問題含みである。

**字結び**＝たとえば漢字一字の課題が出た場合、出題されたその文字が入っていることをいう。だからその文字が入っていたとしても課題を消化していない場合がある。たとえば「馬」という課題が出たとして「馬面」とした場合に「馬面」は人間の顔かたちであって「馬」という動物ではない。こう言う場合を字結びという。だから厳密に言えば課題吟で「馬」と出た場合「馬面」を採ってはいけないということである。ただし、出題の際に「字結び可」としてあれば許される。

これと似たことで「青い」、「流れる」、「休む」などと課題が出た場合、「青くない」、「流れない」、「休まない」は課題を消化していないことになる。ただし、否定することで、肯定を匂わせるのもテクニックではないだろうか。例えば拙句で恐縮だが、初心のころ「転ぶ」という課題で《ゲレンデに転ばぬ人の顔黒し》と作ったことがある。この句は課題を否定しているが、転ばない人は例外なので、その裏には転んでいる人がいることを感じとることが出来る。

**自由律**＝定型に対して自由律である。定型という枠組みを外して句を組み立てるということである。裏を返せば、定型があるから自由律は存在することになる。また自由であることは言葉の数の制限にも及ぶ。これもないということだから、長くても短くてもいいことである。ただここでも五・七・五という形を意識しないわけにはいかない。そのことで言葉の数や長さにブレーキがかかることになる。それが川柳という文芸を唱えるための自律規制になっているのである。

**心象句**＝川柳は本来客観句が主流であったが、近代は心の中の風景を五・七・五にまとめられた作品が多くなった。主観句である。心に描かれた風景を言葉に変えるのである。比喩が多用されることで、心象句は難解性を帯びてくることになる。

**席題**＝宿題はすでに課題が出ていて、句会に来るまでに作ってくることが多い。席題は即席題で、その場で出される。だから句会場で作らなければならない。みんな真剣に取り組んでいて、この静かな時間が好きである。最近は席題を出題する句会・大会が少なくなって残念である。時代とともに句会も変わるものと分かっていても、残念という思いは残る。これは川柳人の高齢化が影響しているものと思う。若い人を呼び込むためにも、席題を実行してほしいものである。

**全没**＝うれしくない結果である。『川柳総合大事典』にも載っているので、そのまま引用する。「句会などで句が入選しなかったことを没というが、投句したすべての作品が落選することを特に全没という。釣りに擬えて〈坊主〉とも」。作者の落胆はいかばかりか。

**川柳忌**＝初代川柳である柄井川柳は、寛政二年（一七九〇）九月二三日に七三歳で亡くなった。この日を川柳忌として毎年各地で句会が行なわれ、関東では川柳人協会の主催。場所は初代川柳の菩提寺・龍宝寺である。境内には初代川柳のお墓と、初代川柳の辞世句とされる《こがらしや跡で芽をふけ川柳》の句碑がある。その脇には川柳会館があり、川柳忌や可有忌（呉陵軒可有）の会場にもなる。

**同人（同人誌）**＝ここで言う同人とは、同じ志を持った人、そうした人たちの仲間である。そのグループで、定期的に発行される雑誌が同人誌である。また仲間を同人と言わず、幹事・社人・委員などと呼ぶグループ、結社もある。同人もしくは幹事になるには、志を同じくするだけではなく、主宰者もしくはそのグループのメンバーに選ばれた人でもある。

**中八**＝川柳が五・七・五の十七音の定型であることは川柳をする人は誰でも知っている。中八とはこの真ん中の七音が八音になることである。このことは承知していながら、中八の句を作ってしまうことがある。中八であることを言われるまで気がつかない人もいる。これは初心者が陥りやすい過ちである。リズムに慣れていないからである。

我が家の近くに中学校があり、この校門の周りに標語の看板が並んでいる。五・七・五に近いものが多いが、これらの作品の真ん中が八音になっているものが多い。標語には形式のルールがないからいけないことではないし、八音のほうが読みやすいからではないだろうか。こんなことから川柳の定型が変わってくる予感がする。

**披講**＝句会・大会などで、選者が入選句を読み上げることである。句会のメインであり、一番盛り上がる時間である。自分の作品がどう評価され、どの人のどんな作品が読み上げられるか期待しながら聞いている。静寂の中で選者の声だけが透き通る。自分の作品が評価されることもうれしいが、他の人の佳吟を聴くのも勉強になる。

このとき私語を囁く人がいるが、厳に謹んでもらいたい。披講する選者と選者の脇で披講された句箋に作者名を書いたり、呼名を反復したりして、句会のムードつくりをするのが脇取りとか文台と言われる人である。名前の似たような人もいれば、声の小さな人もいる。間違いなく記名しなければならないので神経を使わなければならない。

また、合点をしてその点数を争う句会・大会もある。これも間違いが許されない。みんなが楽しくなるように主催者は神経を使い、周りの人たちも同じ気持ちで協力して句会は成り立っている。

**花久忌**＝花屋久次郎は『誹風柳多留』(以下『柳多留』)の版元である。川柳が現代に繋がったのは『柳多留』という作品集が残ったからだといわれている。この『柳多留』には三人の貢献者がいる。点者の初代川柳、『柳多留』を編集した呉陵軒可有、出版元の花屋久次郎の三人である。その花屋久次郎の法要句会である。毎年二月一一日に花屋久次郎碑がある東岳寺(東京都足立区)で行なわれる。主催は川柳人協会である。

**六巨頭(六大家)**＝大正から昭和の三〇年代まで、川柳界を引っぱってきた六人の指導者をいう。

麻生路郎(一八八八～一九六五)「川柳雑誌」(のちの「川柳塔」)を創刊する。村田周魚(一八八九～一九六七)「川柳きやり」を興す。椙元紋太(一八九〇～一九七〇)神戸市生まれ。ふあうすと川柳社の創立メンバー。川上三太郎(一八九一～一九六八)東京生まれ。「国民川柳」(現在の「川柳研究社」)を興す。岸本水府(一八九二～一九六五)三重県生まれ。「番傘」の関西川柳社の創立メンバーのひとり。前田雀郎(一八九七～一九六〇)宇都宮生まれ。「みやこ」を創刊する。以上の六人であるが、この六人に隣接する大家も数多くいた。

**連作**＝川柳は十七音で表現される文芸である。だから一句で大きなものの全体像を表現するのは難しい。そこで連作という手法が用いられる。多面体をあらゆる角度から詠むことが出来る。大きな像もその輪郭がはっきりしてくる。連作と言えば、川上三太郎の「雨ぞ降る」の連作が知られている。わが師・清水美江も連作を得意とした。

## ●穴埋め川柳1

(1)　故郷へ廻る□□は気のよわり

(2)　赤とんぼ空を流る、□□□

(3)　□□の勢ハあさりをふみつぶし

(4)　□□に一ッ宛ある芝の海

(5)　□□の医者ははだかで脈をとり

(6)　ひんぬいた□□で道をおしへられ

(7)　約束をたがへぬ□□惨めなり

(8)　飛鳥山□□に成って見かぎられ

(9)　寝て居ても□□のうごく親心

(10)　留守たのむ人へ□と太平記

「誹風柳多留初篇より」
答えは 143 頁。

## ●穴埋め川柳2

(1) 壱人者ほころび一つ□を合わせ
(2) 本ものに成ったと□□二枚あけ
(3) うるさくてどふもならずに□を出し
(4) しかられた娘その夜は□がつき
(5) □□にひるねして居る土用干し
(6) □□は小じうと一人ころす也
(7) わがすかぬ□の文は母に見せ
(8) 旅がえり五けんのぞいて□へ来る
(9) ついそこにあっても□人をよび
(10) 針箱を□□でさがすかぶりもの

「誹風柳多留四篇より」

答えは143頁。

## ●穴埋め川柳 3

(1) □□があるで強くも叱られず
(2) 初がつおふとい奴だと□を追ひ
(3) あねさんといいやと□□子を育て
(4) うたた寝の□□は風がくっている
(5) □□はおふくろよりも邪魔なもの
(6) 悪口がいやさに□の長っしり
(7) 雨宿り□の姿けなるそう
(8) □□□をとくとかけだすまくわ瓜
(9) じっとしていなと額の□を殺し
(10) かたき持ち□は見れども花に出ず

「誹風柳多留五篇より」

答えは143頁。

# あとがき

川柳は伝統文芸であるが、短歌や俳句に比べればかなり歴史は新しい。その発祥は江戸時代の中期であり、文化の中心が江戸へ移りつつある頃である。また、短歌や俳句が上方から江戸へ下ってきたのに対し、川柳は逆に江戸から地方へと広まっていったものである。だからだろうか、江戸的雰囲気を感じさせる文芸でもある。ここで江戸というのは、時代と同時に江戸という土地柄も指す。

当時の日本の中心は御所のある京都と幕府のある江戸とに分かれていた。現在の川柳界は全国的になっているが、一般社団法人全日本川柳協会の本部は大阪にあり、この本の出版社も大阪に本社を置いている。これは川柳が全国に広まったことと相俟って、多くの人に支持されていることを伝えるものである。川柳をやっているものとしてこんなうれしいことはない。多くの人に川柳を知ってもらい、一緒に川柳を楽しんでもらいたいという思いから出発したものである。

とは言え、かなり以前に書いたものを改めて一本に纏めたものである。そこへまた書き足した部分も多い。ちぐはぐな説明で戸惑うことがあるかも知れないが、書店の入門書の片隅で、多くの人に目にしていただければ幸いである。

書店に行くと多くの川柳書がある。いずれも初心者、または一般読者をターゲットにしている。それら書物のどこからでも入れる間口の広い文芸である。読んでいくうちに更に知りたくなってくる、奥行きの深いものでもある。

巻末に「穴埋め川柳」というクイズを付けてみた。作句の手助けになれば幸いである。

廉価を念頭に置いていたので、本当に知ってもらいたいものだけに絞った。それ故に説明足らずのものになってしまった。疑問に思うことがありましたら、出版社を通してお寄せ頂きたい。

皆さんの座右に置いてもらって作句の手助けになれば幸いである。皆さんの川柳世界が広くなることを願いつつ…

平成三〇年四月吉日

佐藤　美文

穴埋め川柳の答え

1　(1)六部　(2)竜田川　(3)義貞　(4)横丁　(5)清盛　(6)大根《だいこ》　(7)紺屋　(8)毛虫　(9)団扇　(10)枕

2　(1)手　(2)雨戸　(3)雛　(4)番　(5)用心　(6)仲人　(7)男　(8)家　(9)妾　(10)片手

3　(1)心中　(2)猫　(3)芸者　(4)書物　(5)女房　(6)聟　(7)男　(8)風呂敷　(9)蚊　(10)月

【著者略歴】

佐藤 美文（さとう・よしふみ）

昭和12年　新潟県石打村に生まれる。
昭和48年　清水美江に師事して川柳入門。
昭和49年　埼玉川柳社同人。
昭和53年　大宮川柳会設立。
平成 5 年　佐藤美文句集（詩歌文学刊行会）。
平成 9 年　川柳雑誌「風」を創刊、主宰する。
平成16年　「川柳文学史」（新葉館出版）。
　　　　　「風　十四字詩作品集」Ⅰ、Ⅱ編集・発刊。
平成20年　「風　佐藤美文句集」（新葉館出版）。
平成21年　「川柳は語る激動の戦後」（新葉館出版）。
　　　　　「川柳作家全集　佐藤美文」（新葉館出版）。
平成24年　「川柳を考察する」（新葉館出版）。
平成26年　「埼玉川柳の原点 みよし野柳たる」（新葉館出版）。
平成27年　「名句鑑賞『誹風柳多留』十一篇を読み解く」（新葉館出版）。
平成30年　「川柳作家ベストコレクション　佐藤美文」（新葉館出版）。

現在　大宮川柳会会長。柳都川柳社同人。（一社）全日本川柳協会理事。
　　　川柳人協会理事。新潟日報川柳欄選者。川柳雑誌「風」主宰。

埼玉県さいたま市大宮区在住。

人間を詠む　自然を諷う　社会を裏返す
川柳入門

○

2018年 6 月 9 日　初　版

著　者
佐　藤　美　文

発行人
松　岡　恭　子

発行所
新　葉　館　出　版
大阪市東成区玉津1丁目9-16 4F　〒537-0023
TEL06-4259-3777㈹　FAX06-4259-3888
https://shinyokan.jp/

印刷所
株式会社 太洋社

○

定価はカバーに表示してあります。

ISBN978-4-86044-816-5